ハヤカワ文庫SF
〈SF2062〉

宇宙英雄ローダン・シリーズ〈519〉

クランの裏切り者

ペーター・テリド＆ハンス・クナイフェル
原田千絵訳

早川書房

7753

PERRY RHODAN

GEFANGENE DER SOL

DER VERRÄTER VON KRAN

by

Peter Terrid

Hans Kneifel

Translated by

Chie Harada

First published 2016 in Japan by
HAYAKAWA PUBLISHING, INC.
This book is published in Japan by
arrangement with
PABEL-MOEWIG VERLAG GMBH
through JAPAN UNI AGENCY, INC., TOKYO.

目次

クランの裏切り者

《ソル》の囚人

ペーター・テリド

登場人物

サーフォ・マラガン
ブレザー・ファドン
スカウティ
……………ベッチデ人のもと狩人

トマソン……………………………クラン人。スプーディ船の船長

タンワルツェン……………………ソラナーの技術者。ハイ・シデリト

ドウク・ラングル…………………山の老人

1

「汝に告ぐ。おのれの命を惜しまぬ者は、すなわちおのれの運命の君主であると」

ネロ・クラウディウス・カエサル・アウグストゥス時代のストア派哲学者、ルキウス・アンナエウス・セネカによるルキリウスへの書簡、その四の第八節より

＊

「ひとつだけたしかなのは、いまの状況のままではだめだということだ。なにかことを起こさなければ」と、ブレザー・ファドンがいう。

《ソル》のハイ・シデリトであるタンワルツェンは、ひかえめな笑みを浮かべた。ベッチデ人がいうことは、疑いなく正しいにちがいないのだが、常套句《じょうとうく》以外のなにものでもない。そんな決まり文句のために割《さ》ける時間など、本当のところ、もうないのである。

いまや、一分一分が貴重なのだ。

スプーディ船の乗員にとっては、指のあいだから時間が漏れていくようだった。巨大船は目的地に刻一刻と近づいている。無為に過ぎていくその瞬間にも、異質の反乱者を成功裏に倒せるチャンスはちいさくなる。

《ソル》船内のどこかにある副制御室に、ひとりの男がすわっている。かれの名はサーフォ・マラガン。ベッチデ人で惑星キルクールの狩人、四重スプーディ保持者である。

船長から現在の状況を聞かされたさい、乗員たちはこの事実にことさらはげしく動揺した。

乗員の大部分はいまだに分断され、孤立している。サーフォ・マラガンは、非常に謎めいた方法で、ポジトロニクスのセネカと結託することに成功した。そして《ソル》を部分的に真空にすることで、船内のあちこちに大小の〝空気泡〟を生じさせたのだ。

この空気泡のひとつに司令室があり、サーフォ・マラガンが幹部乗員の意志に逆らって、セネカに指示を実行させないかぎりは、船を操縦できる。

司令室の近くにあるキャビンに、《ソル》の特務コマンドがならんでいた。スプーディ船の船長であるクラン人トマソンと、副長ヒールドン。船内技術者を代表するのはソラナーの血をひくタンワルツェン、その補佐はカルス・ツェダーとツィア・ブランドストレムである。

また、一連の騒ぎの引き金となったベッチデ人の一員として、スカウティとブレザー・ファドンがいた。

それにくわえ、窮地を救うたのみの綱として船内に登場した、テルムの女帝のかつての研究者、ドウク・ラングルである。

「最初の重要な点は」と、トマソン。「飛行を停止するか、速度を落とすことだ。マラガンがもし、賢人への攻撃を計画しているなら……もはやそれを疑う余地はないが……われわれ、この船でクランへ向かうわけにはいかない」

「どのようにとりかかる？」と、タンワルツェン。「きみたち、なにか案はないか？」

その質問は仲間ふたりに向けられていた。ツィア・ブランドストレムの黒い目は宙を見つめているようだった。

「たとえば……」ツィアはゆっくりと口を開き、心を集中させ、トマソンをじっと見た。「宇宙服を調達して、突撃部隊を配置するのはどうかしら。選びぬいた場所で船に損害をあたえれば、マラガンは飛行を中止せざるをえなくなるでしょうから」

タンワルツェンは顔をゆがめた。

「そんなことをしようと申しでる者など、いるものか」と、タンワルツェン。「この船は公国にスプーディを供給するために非常に重要なのだ。それに、船は技術者たちの故郷惑星に等しいのだから、かれらにはできないだろう」

「それならば、クラン人か補助種族が妨害を試みてはどうだろう」と、ドゥク・ラングル。「この案が非常にすぐれているとは思わないが、たしかな利点はある。マラガン同様、われわれも時間を稼げるという点だ。時間はこのゲームでの決定的要因だから」

「よし、サーフォが計画を遂行できないように、われわれが阻止しよう」ブレザー・ファドンが声をはりあげる。「でも、どうやって？」

「きみたち、友のことをもっとよく知ったほうがいいぞ」ヒールドンは非難するように、「かれはどういう人間で、どのような性格なのだ？　殺戮をしでかすような人間か？　それとも、断念することもあるだろうか？」

「わからないわ」スカウティは困惑している。「サーフォの性格は四重スプーディのせいで、すっかり変わってしまった。以前だったら、そんな攻撃計画を練り、まして実行するなど、けっしてなかったと思うの」

「スカウティのいうとおりだ」ドゥク・ラングルが口をはさんだ。「われわれは今後、マラガンの行動を忖度《そんたく》しがたいものとみなさなければならないだろう」

「なんだって？」

「はかりしれないもの、という意味だ」ラングルは説明した。「われわれは、かれがなにをするか予見できない。マラガンの行動には理性の介入する余地がない」

スカウティがちいさな声でいう。

「正直いって、サーフォが兄弟団の命で動いているのではないか、と考えたことがあるの」

「ありうる」と、ラングル。「断言できないが。ただ、かれが理性を失ったせいであのようになったのか、それとも兄弟団に雇われているのかは、根本的にはわれわれの行動に影響しない。マラガンの陰謀をつぶすのがわれわれの目的だ」

「それで、どのように進めますか？」ヒールドンがたずねる。「われわれにできることは？　マラガンは全乗員を人質にとったも同然です。セネカでほぼすべての技術機器を制御しているのですから。われわれになにができるのでしょう？」

「マラガンは、わたしが搭乗したことを知っているのか？」

「だれかが乗ったことは知っているわ」と、スカウティ。「それがだれなのかも知っているかもしれないけど、わたしにはそうは思えない。知っていれば、とうにコンタクトしてきているはずよ」

「それならば、わたしはじゃまされることなく任務を遂行できるな」ラングルは確認し、満足げに口笛音を発した。「とても複雑で、じつにおもしろい任務だ。解決不可能かもしれないが……このクルミが割れるものだとしたら、割るのはわれわれだろう」

ドウク・ラングルがこれほどの確信とおちつきをしめすことができるのは、不思議であった。山の老人は、問題解決者としての名声を、いま一度知らしめたようである。

「きみたちなら、マラガンもほかの人々よりすこしは手かげんするだろう」と、ラングルは推しはかった。「わたしに手を貸す用意はできているかね？」

「協力します」スカウティは、ブレザー・ファドンと言葉をかわさずに意思疎通をしてから、いった。「サーフォはわたしたちの友だから、よろこんでやるわけではないけど、現時点ではほかに解決法がないもの」

「ありがとう」ドウク・ラングルは応じ、「タンワルツェン、詳細な船内図が必要だ。どこを狙って妨害すれば、船に長期にわたるような重大な損害をあたえずにすむか」

「あの」と、タンワルツェン。「かんたんにお考えのようですがね。詳細な船内図はもちろん用意できますが、それを呼びだすには、セネカが必要です」

「そしてセネカは、理由不明により、サーフォ・マラガンと協力関係にある」ツィア・ブランドストレムが補足した。「つまり、わたしたちは船内図を手にいれることができないわけですね」

トマソンは、否定するような身ぶりをした。

「船内図は入手できる」と、トマソン。「それは本質的な問題ではない。ひと目でこちらの考えがわかるような資料を要求しなければな。しかし、セネカほどのポジトロニクスなら、要求したその図面と、のちに発生する損害から、結論を迅速にひきだせるかもしれない」

「そうなると、船の半分を調べてまわらなくてはならない」と、タンワルツェン。「けっこうな時間がかかるぞ」

「まずは、船をとめなくては」と、トマソン。「マラガンが賢人への襲撃を計画しているのはたしかで……わたしがそれを阻止するのも、たしかなこと」

ドウク・ラングルは肯定するように口笛音を発して、

「われわれ妨害部隊がそれをひきうける。そのあと、船が通常空間にもどってから、サーフォ・マラガンをいかに困らせるか、考えることだってできるだろう」

「それはむずかしいかも」と、スカウティ。「いえ、とんでもなくむずかしいと思うわ。考えてもごらんなさい、サーフォはスプーディを四匹保持しているのよ」

トマソンは女ベッチデ人を見つめていった。

「わかっている。マラガンがなぜあんな行動をとるのか、それで説明がつく。つまり、われわれには問題の早期解決に向けた好機があたえられているわけだ」

「どんな？」

「四重スプーディがマラガンを殺すだろう。それにいたるまでに、そう長くはかからない」船長はきびしい声でいう。

だれもなにもいわなかった。この言葉がしめす悲惨な結果は、だれにとっても明らかだ。スプーディ船で過酷なレースがはじまった。だれが最初に滅ぼされるか？　マラガンが四重スプーディにやられるか、それとも《ソル》がマラガンにやられるか？

「では、出発しよう」ドウク・ラングルがいった。

＊

「大丈夫？」

ブレザー・ファドンがうなずく。スカウティは宇宙服のヘルメットを閉めた。これからは、言葉なしで意思疎通をはからなければならない。ヘルメット・テレカムは、まずまちがいなくセネカから盗聴されていて、つねに疑り深いマラガンが情報にアクセスするだろうから。

ベッチデ人ふたりの進撃がはじまる。ふたりはポケットのなかに、テルミット爆弾を携帯していた。入念に選んだ個所の回線を、これで切断するのだ。のちにマラガンが倒れたら、妨害工作された個所は比較的かんたんに修復できる。そのときまでには《ソル》の飛行を停止させ、結果的にマラガンの計画をくじくことになるだろう。

ベッチデ人たちが現在滞在している空間は、当然ながらエアロック出入口ではない。もしもふたりの前で保安ハッチが開けば、いまいる全区域の空気が失われてしまう。

ブレザー・ファドンは銃のグリップで壁をノックし、ヘルメットを壁に押しつけて耳をそばだてる。鈍いノック音が返ってきた。つまり、協力者たちはすでに安全圏にいるということだ。

ファドンは、スカウティにそれを伝え、ハッチへ歩いていった。ボタンを押すと、重い鋼製扉が横にスライドする。即座に耳をつんざくような音がして、すぐに消え、仕切られた空間内の空気がぬけていった。開いたハッチ枠に、ほんの二、三秒のあいだ、白い渦がたちのぼった……吐息が一瞬にして凍ったのだ……が、またすぐに消え、そのあとはしずかになった。音を伝導する媒体がないからだ。

「はいるぞ！」ファドンはいうと、一歩踏みだした。

その空間を去るとすぐに、ふたたびハッチをスライドさせて閉めた。また酸素が満たされる。このとるにたりないちいさな事件が、セネカ＝マラガン連合に気づかれないことを、関係者全員が祈った。もし気づかれたら、ベッチデ人ふたりの使命は、すでに最初の段階で失敗に終わることになる。

ブレザー・ファドンは小型投光器をつけた。

目の前にあらわれたのは不気味な光景だった。ふたりが足を踏みいれた空間は、なんの変哲もない船の通廊だ。投光器の光のなかに、床の表面や別区画へのハッチが見える。真空がひろがったさいに照明器具の大部分が破裂し、床の上にはその残骸がいくつか転がっていた。ベッチデ人たちが闇のなかで動きまわらなければならないのは、このような理由からでもあったのだ。

「驚いたわ」スカウティがつぶやく。

ブレザー・ファドンのうしろに立ち、右手は銃把《じゅうは》にかけ、いつでも発砲できるように待機している。

スカウティは、真空状態になる前に安全圏へ避難できなかった人に遭遇するのではないか、という恐ろしい不安にとらわれていた。乗員全員が避難して犠牲者は出ていない、ということにはなっていたが、便宜的楽観論で押しつけられた公式見解など信じていなかった。

さいわいにも、人工重力はまだ機能している。そのおかげで、ベッチデ人たちはまったくふつうに動きまわることができた。もし、これがなくなっていたら、妨害部隊の作業はいちじるしく遅滞していただろう。

べつの場所でも、ほかに小部隊七つが移動中だ。同様の工作を実行するためである。それぞれの計画は《ソル》を飛行不能にするように計算されていた。トマソンとタンワルツェンは、八つのうちすくなくともひとつの部隊が成功すれば、と願っていた。

それは苛酷で無慈悲な作戦であった。男も女も、リスカーもプロドハイマー＝フェンケンもクラン人も、決死隊にみずから志願したことは事実であっても、その過程の残酷さに変わりはなかった。

「左へ」ファドンが指示する。スカウティはうなずいてしたがった。

自分の足音が聞こえないのは、奇妙な感覚である。完全なる静寂のなかで、ただ酸素ボンベのバルブのみが断続的に音をたてた。呼吸音がびっくりするほど速くはげしく響いている。

ファドンは立ちどまり、船内図に目をやった。それは大きな図面で、おもに船内の配水ルートをしめすものであった。しかし、よく知る者にとっては、道路地図のようにかんたんにたどることができる。少々の勘と専門知識をそなえていれば、図面に描かれていない特定の配管を見つけだすにはどこに向かったらいいか、ということも算定できるはずであった。

ファドンは驚くほどのたしかな方向感覚を見せた。躊躇《ちゅうちょ》することなく、通廊にそって進む。それでも、ベッチデ人ふたりは何度も迂回を余儀なくされた。《ソル》はマラガンのしわざにより、スポンジ状になっていたからだ。スポンジの空洞はマラガンが乗員たちを閉じこめた船内の各部分に、スポンジの素材は真空が支配する部分に相当する。

ファドンとスカウティが船内のあちこちをかんたんに行き来できないのは当然のことで、空気のある部屋をひとつずつ迂回して進まなければならなかった。これらの部屋の公式な図はなかったので、道はいっそう遠くなった。その図面をトマソンが要求することはできたかもしれない……マラガンとの執拗な対立がはじまって以来、司令室の監視スクリーン上には、空気のある部屋をしめす映像が表示されていたのだから。だが、マラガンの猜疑心《さいぎしん》を即座に呼びおこす危険があった。

ベッチデ人たちが持っていたヒントになる図面は、ただ一枚。それはセネカのおかげで手にはいったものだった。

ポジトロニクスのプログラミングは、当然ながら、解決すべき各種の課題をエネルギー節約の観点から考慮するようになっている。この原則命令は変化しない。その結果、真空の空間がふたつつづいている個所をハッチで閉鎖することは、セネカはもちろん考えなかった。つまり、ハッチに遭遇すると、その向こうには、かならず空気の充満した空間があるわけだ。そこには足を踏みいれてはならない。

二、三時間、ほとんど休憩もとらずに進んだあと、かれらはとうとう目的地に到達した。

目的地の近くには、《ソル》のこのセクターにおける主要配管がはしっていた。この配管を爆破することが、ベッチデ人たちの狙いであった。

ファドンは自分のヘルメットをスカウティのヘルメットに押しつけた。大きな声ではっきりと話せば、この方法でうまく会話をすることができたのだ。

「前方にあるのが機械室だ」ファドンが伝える。「開きっぱなしになっているな」

なんの機械なのかは、技術にさほど長《た》けていないベッチデ人たちにはわからない。装置の大部分にカバーがかけられていたので、なおさら判別はつかなかった。

ファドンは天井のある一角を指さし、それから配管図をさししめした。図のその部分にしるしがつけられていた。

「あそこにとりつけよう」と、ファドン。

スカウティはうなずく。

作業はすみやかに進み、テルミット爆弾ふたつが天井にならべてとりつけられた。数百万キロジュールの熱エネルギーが、非常にちいさい空間で炸裂することになる。

ファドンは合図をして、両方の爆弾に点火した。

「ここからはなれろ！」

ふたりは一目散《いちもくさん》に走りだした。爆発の空気圧で危険におちいることはないが、融解電荷の放射作用をあなどってはならない。

ベッチデ人たちは、機械室のいちばん奥のすみに身をかくした。

ついたてを自分たちの前にひきよせたそのとき、閃光が室内からあふれでた。爆弾が起爆したのだ。

せまい空間に灼熱が荒れ狂った。天井板は溶解し、配水管のカバーはひきさかれ、いきなり水蒸気が湧きあがった。

火と水がぶつかりあう。テルミット爆弾の熱が猛烈な勢いで水を蒸発させ、まるで蒸気ボイラーが爆発したかのような経過をたどった。天井は数メートル先に飛んでばらばらになった。機械室のなかで、たぎった水が激流となる。

ベッチデ人たちの視界は完全にさえぎられた。白い水蒸気の雲しか見えない。やがて、足もとの水かさがだんだんと増してきたことに気づいた。

一瞬ののち、霧のなかを最初の稲妻がはしった。

2

「逃げるぞ！」ブレザー・ファドンが叫ぶ。

かれは、自分の目前で起きていることを理解した。水はカバーを通して装置にしみこみ、エネルギーの漏れを誘発する。事態がさらに悪化し、このホール全体が吹っ飛ばされる危険が迫っていた。

もっと大きな災《わざわ》いが起こる前に、この部屋から退散しなければならない。

ファドンはスカウティの手を握り、自分のうしろへひきよせた。足もとの床が震動している。自分たちがなにをひきおこしてしまったのか、はっきりと解明することはできなかった。

まだ熱が荒れ狂い、はげしく噴きだす蒸気が機械室に充満していた。蒸気が室内を嵐のごとく吹きぬけて出口に向かう。ベッチデ人たちはその風に足をとられた。ファドンは足がかりを失い、なにかかたいものにぶちあたった。一瞬、この衝突で宇宙服が損傷したかもしれないと、パニックに襲われて硬直したが、破れてはいなかった。

ファドンはスカウティを見失ってしまった。視界にはいってくるものもほとんどない。機械室からは衝撃音が、室内にこもる蒸気を伝わって弱く響いた。真空に触れた蒸気は、凍って細かい雪となり、重力のせいでゆっくりと床にひきよせられていた。

「スカウティ！」

答えはない。ファドンはふたたび立ちあがった。まぶしい光が、機械室のどこかで装置が溶解していることを伝えていた。

たどたどしい足どりで歩くファドンの頭には、ふたつの考えしかない。ここから立ちさらねばという思いと、スカウティへの心配だ。

そのとき、スカウティの手を肩に感じた。かれは幻を見ているかのように、宇宙服に身をつつんだ若い女を見つめた。彼女はさかんにジェスチャーをしている。

走るのよ！　腕の動きがそう語っていた。

ベッチデ人たちは動きだした。背後ではテルミット爆弾が徐々に鎮火していた。どれほどの損壊をあたえたのか概観することはできなかったが、そうとうなものになると思われる。遅かれ早かれ、宇宙空間の超低温により、配水管中の水漏れが凍結するだろう。巨大船の設計スタッフが、このような故障を見こして救済手段を装備していないなら、《ソル》の全給水システムは潰滅にいたる……

数百メートル進むと、ベッチデ人たちは肩で息をしながら立ちどまり、顔を見あわせた。ヘルメット・ヴァイザーが汚れていたので、たがいの顔ははっきりとは見えない。

しかし、安心した表情だったにちがいない。

「やったぞ」ブレザー・ファドンが勝ち誇ったようにいった。

＊

トマソンは監視スクリーンを見ていた。

「給水システムに水漏れあり！」と、一要員が報告。

それは奇妙な光景だった。司令室にいる乗員たちは相《あ》いかわらず持ち場についているが、実際はなにもできないのだ。船の指揮はとっくにサーフォ・マラガンの手中にあった。その反応は予測しがたい。

「映像を！」トマソンが要求。

船長はタンワルツェンを見た。損傷をうけた個所の状況から、そこをだれが襲ったのかは明らかだった。その功を認めるように、タンワルツェンがいった。

「ベッチデ人たちだ。きちんと仕事をこなしたな」

そこに続報がはいった。損壊個所のすぐ近くで、給水システムのさらなる故障が発生したというのだ。

タンワルツェンはちいさく悪態をついた。

「そのことについてはまったく予想していなかった」

タンワルツェンの作戦では、非常に重要な冷却循環システムを遮断するつもりだった。それはたしかに成功したのだが、機械室が水に浸かってしまい、そのさいにもっとも破損してほしくなかったいくつかの装置が爆発した。

「ベッチデ人たちから連絡は？」

トマソンは否定する身ぶりをし、

「見通しは明るくなさそうだ。はげしい爆発があった。おそらく……」

「ほかの者たちは？」タンワルツェンは唇をかんだ。

「これまでのところは成功していない」トマソンはすっかり意気消沈している。「どこにいるのか知りたいものだが」

「こちら、マラガンだ」と、スピーカーから響く。「事故があったと聞いたが？」

「たいしたことない故障だ」と、トマソン。得意顔を見せないように注意した。「ただ、故障によって、アプローチのさいに目的地から逸脱する恐れが大きくなる」

「つまり、クランを通りすぎてしまうということか？」

「そう考えられる。現在のこの高速で飛行をつづければ」トマソンは答えた。

「障害はすぐに除去できるのか？」

「もちろん」と、トマソン。「しかし、それには数時間エンジンを切らなければならん」

「では、飛行中断か」

「それも避けられないだろう」トマソンは冷静にいう。「しかし、これまでどおり飛行を続行することもできる。逸脱の恐れはそれほど大きくはない」

「論外だ」マラガンはきびしい調子でいう。「どんな結果になるかわからないのだぞ。エンジンをとめて障害を除去してから、クランへと飛行をつづけるのだ。クランについたら、わたしは……いや、あんたたちもどうせ見ることになる」

タンワルツェンとトマソンは顔を見あわせた。まずは部分的な成功だ。《ソル》の飛行は中断されるのだから。

「通常空間にもどるぞ」と、トマソン。

タンワルツェンは息をつめた。技術的な心配があったからではない。作戦では、船がハイパー空間を脱すると同時に、すべての部隊はそれぞれの作業を中断する予定になっていた。妨害部隊の活動が積みかさなって、マラガンに注意を喚起することになってはいけない。それに、作戦がすべて成功したら、事実上、船にすくなからぬ損害がくわわってしまう。もちろん現実のきびしさを考えると、すべての妨害工作が実現可能であるとは仮定していなかったが。

《ソル》はまもなく、アインシュタイン宇宙へ復帰した。そのようすは、船内の多くの場所で追うことができる。そうなったら次なる義務を遂行するよう、妨害部隊は命令をうけていた。各空気泡に行って、閉じこめられている人々を助けるという任務である。よりによって、第二、第三、第四の妨害部隊がいっせいに、この短い時間のあいだに任務を遂行しなければいいのだが。そうなれば、かなり大きな確率でマラガンに警告がいく。

そうなったときになにが起きるのかは、だれにも予測できない。

＊

「おい、手伝ってくれよ！」アアルネ・ハルがわめきたてた。はげしい身ぶりでその要求を大げさに誇張する。

ハルと行動をともにしているプロドハイマー＝フェンケンのオリンドは、ものすごい勢いで口を動かした。むろん、真空のため、なにをいっているのか相手は理解できないのだが、とくにかまわないようだ。プロドハイマー＝フェンケンは一般に、社交的な種族である。いってみれば、むだ話ばかりするおしゃべり好きということ。そのなかでもオリンドは、種族の全記録を破るほどの饒舌家《じょうぜつか》だった。かれのいっていることを理解できなかったのは、さいわいである。

この二名の妨害部隊は、長いトンネルのなか、重い箱をひきずっていた。目的地にはまもなく到達するはずである。

プロドハイマー＝フェンケンは手をのばして箱をつかむと、アアルネ・ハルといっしょに重い箱をほんのすこし動かした。

重労働なので、ハルは当然のごとく汗だくだ。けっしてかぼそい体格ではない。ハル自身はがっしり型と思っているが、友たちはかれのことを太りぎみだという。専門家なら、極度の肥満症と指摘するかもしれない。というわけで、このソラナーの宇宙服の内側には、大量の汗が流れおちていた。

オリンドはまだしゃべりつづけている。

オリンドはほら吹きと思われがちだが、その印象は大間違いである。ハルにはこの任務のあいだに、すでに二度そのことを確認する機会があった。オリンドは反応がすばやく、冷静でまともである。大いなる勇気と信じがたいほどの平常心を持ち、ときどき、きわだった辛口のユーモアの片鱗《へんりん》を見せた。

「あと三百メートルでつくぞ」と、ハル。たがいの言葉はほとんど理解できていないが、なんの悪影響もない。

両者は力をあわせて箱を目的地へ運んでいった。ハルのポケットのなかには、《ソル》の生物学循環系が描きこまれた特別な図面がはいっていた。つまり、排気システム、有機汚染水の排水路、水耕栽培施設や公園や庭園などからの用水路である。

そのような配管のひとつが妨害部隊の標的であった。

選択にあたって重要な点は、手ごろな配管の近辺に空気泡への接続手段があること。その空気泡の内部には、《ソル》の司令室と同じ給気用チューブが備えられていなくてはならない。そのような場所を見つけるのはかんたんではない。しかも、ポジトロニクスの力なくしては困難をきわめる。しかし、ふたつの頭脳は根気よく黙々と働き、この問題をも解決した。

「よし！」ハルが指示する。「目的地についたぞ」

軽い衝撃が床から伝わる。ハルは見あげた。これが申しあわせた合図なのか？《ソル》はすでに通常空間にもどったのか？

ハルは困ってののしる言葉をつぶやいた。

プロドハイマー＝フェンケンを見やると、なにも気づいていないようだ。それならば妨害工作を実行するまでである。ひとつ増えようが減ろうが、害になることはあるまい。最初の妨害工作がどれくらい早くこなせたか、だれも知らないのだから。

ハルは図面に目をやった。後方わきにある配管は、化粧板をとりはずせばかんたんに到達できる。給気するための空気泡は、最悪でも七十メートル先に見つかるはずだ。

ハルは箱を開いた。なかには、携帯用空気ポンプのほかに、非常に長いチューブ二本と、赤いケースがはいっている。

任務内容は、ハルには詳細な説明がなされていなかったが、チューブの一端を空気の配管に、もう一方のはしを空気泡につなぐことである。ポンプと赤いケースがなんのためにあるのかは、まるで見当がつかなかったし、くわしく知ろうとも思わなかった。それが爆発することはないとわかっているだけで充分であった。

アアルネ・ハルは自分の考えをオリンドに手まねでしめした。オリンドが空気泡への接続を準備するあいだ、自分はポンプと配管をつなぐ、と。

プロドハイマー＝フェンケンは、理解した旨のサインを送ってきた。かれはチューブをつかむと、急いでそこをはなれた。

作業は迅速にかたづけられた。

このあと、ハルがするべきことは、ポンプのスイッチをいれ、赤いケースの安全弁を開くことのみである。

ふたつの動作には、ほんの一瞬しか要さない。

「できたぞ！」ハルは叫んで、プロドハイマー＝フェンケンのヘルメットに自分のヘルメットを押しつけていった。「いまから次の目的地へ向かう」

いまいる場所から六百メートル弱はなれたところに、侵入できそうな空気泡がある。そこに閉じこめられている十七人と交信を試みなければならない。

妨害部隊の二名はその場をはなれた。

背後では、単純にして精密なマシン類が動きはじめた。

ポンプはつながった配管から使用ずみの空気を吸いこんでいる。この排気が《ソル》に複数ある船内公園のひとつからきているのは、偶然ではない。空気中の微生物を可能なかぎり捕らえること。これも任務の一部であった。

赤いケースのなかにある特製フィルターの役目は、空気中の微生物を可能なかぎり捕らえること。これも任務の一部であった。

十五分もすると、赤いケースのなかには種類豊富なバクテリアや黴菌《ばいきん》、その他の微生物がひとそろいするだろう。

謎めいた赤いケースの、もうひとつの役目は、これらのバクテリアに突然変異物質をくわえることである。

ここには収集された菌に放射を浴びせる薬剤がはいっていた。これにより、バクテリアの遺伝子を変化させるのである。イヌサフランの毒をふくむフラスコもケースにはいっている。これは数百年前から、細胞内の染色体数を倍増させるために使われてきた。人類史上初の種なしオレンジは、この手法で人工的に栽培されたのだった。

ほかに、たとえばカドミウムといった遺伝子を傷つける重金属、薬品など、さまざまなものがあった。これらすべての物質が、赤いケースのなかで臨機応変に使用される。

その効果は、すぐにあらわれた。

＊

「トマソンよりマラガンへ！」

「聞こえているぞ！」

クラン人は報告フォリオを手にとった。

「船内の一部で伝染病警報が出たことを、いま聞いたところだ」

「伝染病？　この宇宙空間のまんなかで？　からかうつもりか？」

「いや、本当だ」と、トマソンが断言する。「セネカが、きっとこの件について情報を出せるだろう。船内では突然変異物質をあつかっているし、放射の負荷が過大になることも再三ある。こうしたことが、いたるところに存在する微生物の遺伝子変化につながるのだ」

マラガンは黙った。おそらくかれの理解能力ではすべてを把握することができなかったのだと考え、トマソンはつづける。

「その結果、空気中や水中のおもな微生物のなかには、遺伝子欠損を持つものが一定数、存在することになる。われわれはすでに数百年前からこれを知っているが、害はなかった。突然変異体にしても、ふつうは心配にはおよばない。ある一定数の自然発生的な突然変異はまったく通常のことで、生物の進化にとっては必要でもある」

「なんだ、このばかばかしい話は？」

「船内では、空気や水に関するそのような突然変異体を、ポジトロン制御の分析装置が常時検査している。しかし、目下その分析装置でさえ、空気一立方メートルあたりの突然変異体が急速に上昇していると報告してきた」

「それがわたしになんの関係がある？　くしゃみをするなということか？」

「なによりも、この結果は司令室の空気に関係する」トマソンはおちついた口調で問題点を明らかにした。「一般的には、乗員の感染危険率があがるということ。しかし、最重要点はそれにとどまらない。この船は貨物を積んでいる……しかも、その積み荷は生物なのだ」

「スプーディのことか？」

「そのとおり」トマソンが肯定した。「突然変異指数がひきつづきあがると、スプーディの安全性に責任が持てなくなり、うけわたしができなくなる」

「伝染病に対してなにか打つ手はあるのか？」

「まだ伝染病が出たわけではない」トマソンは指摘した。「毎日われわれが関わりあっている微生物の突然変異体の数が上昇しただけだ。とはいえ、もしかすると、これははじまりにすぎないのかもしれないが」

「だから、最終結論はなんといいたいのだ？」

「まずは、突然変異体の発生源を発見すること。そのためには、われわれの捜索隊に無制限の移動の自由が必要となる」

スピーカーから大きな笑い声が聞こえる。

「わたしをそれほどばかだと思っているのか？　それがどういうことか、わからないとでも？　一杯食わせようとしたってひっかかるものか。現状が変わることはない」

かれはそういうと、接続を断った。

トマソンは躊躇しなかった。以前、ロボットの人質になったグループがいた《ソル》内のセクターと連絡をとる。すぐに応答があった。

「調子はどうだね？」

グループを代表する若い女がほほえんでいる。トマソンの記憶では、たしかガシュタ・フェロンという名前だった。

「わたしたちには仲間が増えました」と、ガシュタ。

トマソンは柔和な表情をした。

「よかったな」と、トマソン。

「ありがとうございます。そちらの状況は？」

船長がこれに答えることは、さしあたりできなかった。

ドウク・ラングルはいったい、どこにひそんでいるのだろう？

3

サーフォ・マラガンは懸命に考えている。

反抗的な行動をとろうとする者がいるだろうことは、最初からわかっていた。四重スプーディ保持者にとって、この手の論理的な推論は容易かつ自明のことである。

しかし、自分に敵対する者たちの反応を事前に予測するのが困難になってきたことを、マラガンは感じていた。船には非常に独創性に富んだ数人の人々が乗りあわせており、かれらが一体となって自分に反発していることは目についていた。これら敵対者たちの策略や陰謀を前もって予測することは、セネカの力をもってしても、むずかしかったのである。

これから船内はどうなるのであろうか。武器を身につけ、爆弾を背負ったかれらは、どこをどう動いて、こちらに忍びよってくるのか。

乗員をグループに分けて、それをたがいに分離させるというマラガンの奇襲作戦は、みごとに成功した。しかも万一の場合には、セネカを使って、各グループ間のインターカム通信を全面的に妨害することだってできるのだ。しかし、そうすれば、乗員たちは絶望的な状況に追いこまれ、短期間のうちにとりかえしのつかない精神的ダメージをうけることになるだろう。

マラガンは、みずからがととのえた現状をかえりみた。自分のまわりが真空になるように細心の注意をはらったので、クラン人もソラナーもはいってくることはない。そのうえ、自分に忠実になるように操作したロボットを使い、安全をたもっている。

こちらが攻撃を恐れる必要はない。マラガンは起こりうる不安な点を数えあげてみた。エネルギーをとめられることはないか？ 水、光、空気を断たれることは？

それらの危険性もない。だれもマラガンのかくれ場をはっきりとは知らないという単純な状況からしても、それはありえないのである。

かれらがどれほど必死に探そうとも、けっして自分を見つけることはできないだろう。船内に人工的につくった多くの空気泡のなかに、生物がまったくはいっていないものが六つあるのは、なにも偶然のことではない。それにくわえて、マラガンは、乗員が閉じこめられている八つか九つの空気泡の通信コンタクトを断ち切ることができる。

したがって、こちらを探すべき可能性はいくつもある。そのなかには、スカウティとブレザー・ファドンを迎えた空間もあった。もちろん、ふたりとの接触時に、かくれ場の秘密を洩らすことはなかった。このように、マラガンは一度ならず、敵対者をうまくだましてきたのだ。

「みじめな悪党たちだ」マラガンはうなった。

　頭が痛む。おそらく適応障害におちいっているのだろう。スプーディ四匹が集まっている頭皮の下を、慎重に触ってみる。これらのスプーディなしでは、大胆な計画を考えつくことはけっしてできなかっただろう。実行にいたってはいうまでもない。四重スプーディは、とくに機械論理を深く理解する助けになる。たったそれだけの幸運によって、マラガンはセネカへアクセスすることができたのだった。

　そうだ。司令室の諸氏がもっとも困ることはなにか、セネカに考えさせよう。

　マラガンは軽くため息をついた。

　奇妙なのだが、自分と会話するときのセネカの口調はいつも、まるでこちらがマシンであるかのようなものになる。マラガンは不審に思っていた。しかし、それは疑いなく、マラガンのスプーディ性思考能力のせいであろう。機械のように冷静で感情を交えない論理は、マシンに典型的なものだ。

　ときおり、マラガンは胸を締めつけられるような重苦しい気分になる。自分のなにかがおかしくなっているのではないかという、かすかな予感があった。

　困るのは、思考するのをやめて休息しているとき、あるいは英明な推理能力が感情に負けてしまうとき、いったい自分がなにをしているのかわからなくなることだった。

集中し、この命令計画の構成要素をひとつずつ考えぬき、三重、四重のかまえで論理的安全を期し、推敲し、最終的に詳細にわたって構築する……そうしているかぎりにおいては、マラガンはこの複雑にいりくんだ計画の細部にいたるまでを理解していた。しかし、冷静な論理のレベルからはなれると、そのとたん、それまで編みだしていた巧妙な手口、策略、心理的トリックなどが吹っ飛んでしまうのだ。ある意味、ゲーム盤をはなれるとなにも反応しなくなるチェス名人のような気分だった。名人か、ずぶの素人のどちらかで、その中間がまるでない。

頭が冴えているあいだは、自分自身とのコンタクトがほとんど失われてしまう。そのことに、マラガンは目眩《めまい》をおぼえた。

しかし、それも徐々に変わるだろう。やがて四重スプーディに慣れ、スプーディが仲介する卓越した知性をほかの領域にまで拡張することができるようになれば。ただ、それにはまだ時間がかかる。

いま重要なのは、特定の人々が船内のどこにいるかを探しだすことだ。そのために、マラガンはセネカに問いあわせているのである。

たとえば、タンワルツェンはどこにいるのか？

答えはすぐに返ってきた。ハイ・シデリトは補佐役ふたりといっしょに、トマソンのもとにいる。トマソンの居場所は司令室である。

それに対して、ヒールドンは……逃げだしているではないか。以前は司令室内にいたのだが、いまはマラガンが空気泡のなかに閉じこめた数人の人々といっしょにいる。どうやってかれがそこにたどりついたかは、明らかだ。司令室にいくつかあった宇宙服の一枚を着用したのだ。

当然のことながら、セネカは、司令室に何着の宇宙服があったのか、正確に把握している。さらに、その宇宙服が使用されたか否かまで確認することができるのだ。なぜならば、宇宙服は使用時に、ポジトロン監視のスタンドで酸素を充塡しなければならないからである。

それは完全なる連携プレーであった。セネカの数百万におよぶカメラとセンサーが、船内のほぼすべての生命体の活動をつぶさに監視し、コントロールしているのである。マラガンがそのすべてを把握できないとしたら、理由はただひとつ。これほどのデータの氾濫《はんらん》に耐えられないということだ。

だが、セネカにとってはたやすい。しばらくして、サーフォ・マラガンは、司令室から一連の小部隊が送りだされたことを知った。各部隊がどこへ向かったか、動きも逐一つかんだ。最後にどこのスタンドで宇宙服に空気が注入されたか、どこのハッチから大量の酸素が宇宙空間へ漏れだしたか、チェックするだけでいいのだ。

そのうち、いくつか驚くべき発見をした。まず第一に、〝突然変異伝染病〟とトマソンが呼ぶ奇妙な病が、どの地点からひろがっているのかをつきとめた。セネカの計算では、だれかが……状況からするとトマソンだが……まさに突然変異物質の原因を、空気循環のなかにうまく持ちこんだとのこと。めずらしい偶然だが、この地点は真空区域にあった。マラガンは点検のためにロボット数体を送りこんだ。

ふたつめの驚くべき発見は、《ソル》が船内に乗せた客を、マラガンはまだ見かけていないということである。まるでこの異人は、空気中に消えてしまったかのようだ。

それに、これは想定内だったが、ベッチデ人ふたりがどこにも見あたらない。スカウティとブレザー・ファドンの消息はまったく不明である。

だからといって、マラガンは動じなかった。ふたりの潜伏場所は予想がつく。スカウティとブレザー自身のほかに、宇宙服が二着なくなっているから。ふたりは《ソル》の真空空間のどこかを動きまわっている。おそらく、相いかわらずこちらのかくれ場を探しているのだろう。だが、もし探しあてたとしても、どうにもならない。

一瞬マラガンは躊躇したが、支配下にあるロボットたちに命じた。このふたりに対しては、けっして実際に射撃しないように、と。

「どうか撃たれないでくれよ」マラガンはつぶやいた。

かれは、まだなにかたしかめたいことがあったのを思いだした。ついいままで考えていたのに、最後まで行きつかなかったのだ。なんのことだったか？

しかたない。また必要になったときに、思いだすだろう。

さしあたっては、もっと重要ななすべきことがある。遠大な計画なのだから。

＊

トマソンは、考えこみながら咀嚼《そしゃく》していた。食事はとくに美味と感じられなかった。食に関して無頓着だし、食事の時間は、思考からのつかのまの休息であるにすぎないからだ。しばし、船や敵対者の問題に向きあわずにすむことにほっとしていた。

休憩時間はたいして長くはつづかなかった。タンワルツェンが近づいてきたのだ。トマソンは、ハイ・シデリトが優秀な男であることを一度ならず認めている。その補佐役にも同じことがいえた。

タンワルツェンは船長の近くで立ちどまった。明らかに緊急の知らせを携えていたが、トマソンが食事を終えるまで黙っていた。

「なんだね?」トマソンは、口のなかがからになると、しずかにたずねた。

「非常に心配なことがあるのだ」と、タンワルツェン。

トマソンは沈黙した。ハイ・シデリトは、頭を悩ませている難事について、みずから切りだす。

「採取チームとのコンタクトが、まったくとれなくなった」と、タンワルツェン。

トマソンは、わかったという手ぶりをした。かれも数時間前から同じ問題で手を焼いていたのだ。

「わたしも、どうすればいいのかわからないのだ」と、トマソン。「われわれの手もとには、もうそれほど多くの宇宙服がない。さらに、きみも気づいていることと思うが、到達可能なスタンドには、もう充塡用の酸素がきていないのだ」

「わかっている」タンワルツェンも重苦しい調子でいう。「われわれの区域に備蓄してあるタンクで突入するしか……」

トマソンはかすかに笑みを浮かべた。テラナーのまねだったが、ハイ・シデリトはその意味を充分に理解できた。

トマソンは、スクリーンをうつしだし、気のめいる状況をしめした。

「青いしるしが戦闘ロボットだ」と、トマソン。「マラガンがすこし前に知らせてきたよ」

タンワルツェンの視線は忙しく映像の上を泳ぐ。

「酸素ボンベの保管量が多いところすべてに配置されている！」かれは声を荒らげた。

「突撃して倉庫を奪取しないかぎり、身動きがとれないじゃないか」

トマソンは大きく手をひろげ、司令室全体をとりかこむような身ぶりをしていった。

「これがわれわれにできるかぎりだ」敗戦に次ぐ敗戦を耐え忍んできた船長のおちつき

ようは、感嘆すべきものであった。それは持続するだろうか?

「ステイルメイトだな」タンワルツェンはつぶやく。

「なんだって?」

「ゲーム用語だよ」と、タンワルツェン。「次の駒を動かすことができない、動けば自分に王手がかかるという状態のことだ」

そのあとの静寂を破って警報が鳴った。

トマソンは身震いした。視線を映像にはしらせる。

タンワルツェンもそれにならった。警報の鳴っている個所を、ハイ・シデリトがほんのすこしだけ早く見つけた。

タンワルツェンは走りだす。長い説明をしているひまも、至急の命令にしたがう時間もない。その一瞬が生死の分かれ目なのだから。

タンワルツェンは、これ以上速く走れないほど走った。かれは偶然にも、マラガンがやったこと、もしくはやらせたことを、一瞥《いちべつ》してすぐに悟っていた。

司令室周辺にある特定の場所から、酸素が漏れているのだ。その穴から、突然変異した微生物をふくむ空気を放出して大気を汚染し、マラガンに少々の圧力をかけようとしたのだった。マラガンはあの不気味な赤いケースを探しだし、接続部を開けたのだ。穴は大きいものではなかったので、空気は急激には漏れていない。しかし、だからといって時間はもうそれほどのこっていない。

タンワルツェンは、危険の迫っているセクターと司令室のあいだにあるもよりのハッチにたどりついた。このハッチを手動で閉じれば、こちら側の司令室は安全である。そのとき、床に横たわる姿を発見した。アイ人だ。身動きしないので、死んでいるのかもしれない。

それでもハイ・シデリトは、迷わずその生物に駆けよった。

皮膚が変にちくちくする。タンワルツェンには、それがどういうことなのかわかっていた。空気が薄くなっているのだ。

窒息への不安はない。さしあたり、その危険はなかった。

それよりも恐いのは、急低下する気圧によって液体の沸点がさがることである。人体への影響としては、血液中にふくまれる気体、おもに窒素ガスが泡となって遊離し、この気泡が血管をつまらせてしまう。これを塞栓といい、潜水士やパイロットにあらわれやすい症状である。

タンワルツェンはアイ人のからだをつかんだ。関節に痛みがはしる。そこは窒素ガスが多いため、最初に気圧低下の影響をうけるのだ。

最後の力を振りしぼって、意識不明のアイ人を危険地帯からひきずりだした。ハッチの反対側でアイ人をおろし、自分が失神する前に、なんとかハッチを閉鎖した。

「わたしは少々驚いている」一公爵がいう。

かれは床の上に寝転んで、ペットのクーシャンと無邪気にたわむれていた。動物は銀色の鉤爪をなめている。飼うにはなかなかの勇気が必要だろう。クランドホルの公爵たちは例外なく臆病者ではない。各人とも、それは幾度となく立証してきた。

「この不可思議な時代にだれが驚くというのか」ふたりめの公爵がいう。

映像通信の状態は良好で、色彩もくっきりと鮮やかだが、スクリーンの右下すみは暗いままだ。そこは賢人のシンボルがあらわれる場所である。いまにもスイッチがはいるかもしれない。グー、カルヌウム、ツァペルロウの三公爵による会話は職務に関わる内容なので、公式回線でおこなわれていた。

*

カルヌウムは不機嫌なようすである。

「とっくの昔に連絡がきてもよさそうなものだ」と、はげしい調子でいう。「スケジュールはずっと前から決まっていた。船長がなにも報告してこないとは、理解に苦しむ」

公爵グーは、楽観的な表情をしていた。

「トマソン船長が連絡してこないことには、いろいろな理由があるのだろう」かれは思いやっていった。「故障というのがいちばんかんたんな説明だろうが」

「スプーディ船で故障だと?」公爵カルヌウムが立ちあがる。「なんということだ」

トマソンはそのうち連絡してくるだろう」ツァペルロウはとりなすように、「かれは、きみたちも知っていると思うが、まったく信頼できる人物だ」

「ふん!」公爵カルヌウムは苦々しく、「ならば、なぜ連絡さえしてこないのだ?」

「スプーディ船がクランに華々しく着陸する前に、やらなければならないことがあるのさ」ツァペルロウはユーモラスにいった。「トマソンはやりのこしている仕事をまずかたづけてから、われわれに連絡をしようと思っているのだろう」

公爵たちは押し黙った。

まだスケジュールの範囲内とはいえ、スプーディ船がもどってこない。しかし、その事実だけが三人の気をふさがせているのではなかった。気分を重くするなにかが、場の空気のなかに、雷雨の前の蒸し暑さのように滞留している。だれもそれに対処するすべを知らなかった。

スプーディ船には非常に衝撃的な問題があるのだ。公爵たちは全員、それを知っていた。クランドホルの賢人でさえ、これまでその問題に対する解決方法を見いだせないでいる。それはあまりにきわどいことで、めったに言及されなかったし、秘密の内にささやかれていただけだ。

これをとりあげたのが、公爵グーだった。

「船内でなにか不都合なことが起こったのだろうか？」かれはおさえた声で問う。「わたしのいいたいことは、きみたちもわかるだろうが……」

ほかの者たちは黙っている。

「ま、われわれ、騒ぎすぎのようだ」公爵ツァペルロウはいった。「たいしてひどいことにもならないだろう。それほどびくびくする必要はない」

公爵グーの背後にロボットがあらわれ、メモをわたした。公爵は知らせにざっと目を通した。かれの顔が笑みでゆがんだ。

「ただいま得た情報によると、船は短いあいだ静止し、クランにくるべき客を予定どおり乗せたそうだ。とにかく、スプーディ船は、すでに近くにきているということ」

公爵たちは安堵のため息をついた。このような吉報はなぐさめになる。

というのも、不都合な時代になっていたからだ。とくにスプーディ船に関しては。

スプーディ船には、公国のほんのひと握りの者しか知らない秘密がかくされている場所が複数ある。秘密を関知している人々は、厳重にチェックされた。

この点にこそ、公国の運命がかかっているからだ。

採取チームがいるのは、一隻のスプーディ船内のみである。スプーディを採取し、拡大するクランドホル公国のためにそれを提供できるのは、この船のこれらの人々だけなのだ。

クランドホル公国は、生きるも死ぬもスプーディ船しだいなのである。

だが、公爵たちが安心して息をついたその瞬間、公国は没落へとかたむいたようだ。

権力を誇る巨大国家は、サーフォ・マラガンという糸にからまって、つまずいてしまったかに見えた。

4

スカウティは、ブレザー・ファドンにとまるよううながした。小型投光器の光が空間をさまよい、暗闇のなかの設備を一瞬、明るく照らしだした。

ファドンはスカウティに近づき、自分のヘルメットを彼女のヘルメットに押しつけた。

「いいあててやろうか」と、ファドン。あいにくヘルメットの接触がうまくいかず、声の内に秘めた皮肉は充分に伝わらなかったようだ。言葉そのものは理解可能だったので、ことはたりたのであるが。「きみはまた、すばらしいことを思いついたね」

スカウティは笑った。その笑い声はけたたましかった。この手の音響伝達というものは、忠実な音色とはほど遠い。

「そのとおりよ」と、スカウティ。「わたしたちの本来の目的をおぼえている?」

「本来のって?」

「この船に搭乗してすぐのことよ……」

「採取チームを探すつもりだったんだよな」ブレザー・ファドンが思いだした。

「そうよ。それをいま、やるのよ」スカウティは決めたようにいう。

「頭がおかしくなったのか？　どうして、よりにもよっていまなんだ。われわれはもう充分に問題をかかえているじゃないか」

「ひとつ多いかすくないかに違いがある？」

それもそうだと、ファドンは思った。スカウティの熱心さに対しては、さしあたって手の施しようがないと知っているし、彼女をけっしてひとりで行動させたくない。

とくに、サーフォ・マラガンがついにスカウティの好意を無にする行動をとったいま、自分は彼女のそばからはなれないでいようと、ファドンは思った。決定的なプラス点を稼ぐには好機だ。それが時には最大の生命の危険を冒すことになっても。

「よし、わかったよ。どういうふうに進める？」

スカウティはすでに計画を練っていた。

「まず最初に、わたしたちのタンクを満たすの。この近くで酸素ボンベを充塡できる場所があるのを図面で見つけたわ。それから真空区域を通って、《ソル》の中央本体へ進んでいく。そこが、採取チームの本拠地ということになっているわ」

「かんたんそうに聞こえるね」と、ファドン。

「かんたんよ」スカウティは断言した。「それに、わたしたちを阻《はば》むものはなにもないわ。宇宙服を着て動いているのは数人しかいないのだし、こんなに巨大な直径の船のなかで見つかるなんてことはありえないでしょう」

それはたしかに正しい。船の巨大さをはっきりと念頭においておくことが、ベッチデ人たちにとっては、いつも少々むずかしかった。

直径二千五百メートルの球体は、八立方キロメートル以上の空間を内包する。この球体を理論上、百メートルごとに輪切りにしていくとすると、その床面積は百五十平方キロメートル以上にもなる。これほどの床面積のなかに、数々のキャビン、装置類、機械類その他があるのだから、かくれんぼ遊びの基地としてはもってこいだ。ここでベッチデ人たちを見つけだそうとするのは、摩天楼《まてんろう》と地下十階の駐車場が建ちならぶ百万都市で、元気に動きまわるネズミ二匹を探すようなものである。

干し草のなかに落ちた針二本を見つけるまで、捜索隊はてっぺんから底までひっかきまわさなければならないだろう。一方で、ベッチデ人ふたりは自分たちの行きたい場所が明確にわかっている。まさにおあつらえ向きの状況であった。

「わかったよ」と、ファドン。「きみがやりたいようにやろう」

「そのとおりに進めばいいけど」スカウティは思わずいった。ファドンはすでにヘルメット・テレカムのスイッチを切っていたので、その言葉を聞くことはできなかったが。

やがてふたりはスタンドにたどりついた。一見すると、このような給気所をだれに対してもアクセス可能にしていることや、まして船内に設置していることは非常識に思えるだろう。そのような酸素給気所は《ソル》の外部に置くのが当然ではないか、と。

これも、《ソル》の建造者があらゆる非常事態にそなえて、技術的サポートを配備した結果である。事故や外部からの乱暴なあつかいによってなんらかの漏れが生じ、内部まで達することも考えられた。伝染病撲滅の理由で、船全体や個々のセクターを真空にさらさなければならなくなる可能性もある。人間が真空状態のなかで作業する場合には、酸素が必要である。必要に迫られた人が入手できなければならず、必然的に給気所へおもむかなければならない。配管システムがあれば、酸素を中央に保管しておけるわけだ。さもなければすべてのセクターで、広大な場所と荷重を要求するボンベの保管場所を手間とコストをかけてつくらなければならない。

酸素供給システムは損傷していなかった。ベッチデ人たちは、自分たちの使いかけのタンクをふたたび満たした。

その後、ふたりは前進をつづけることができた。

正しい道を探すのは骨の折れる大胆なこころみであった。わたされた図面には《ソル》内部の一部しかふくまれていない。そのうえ、ふたりは図面上にあるセクターをとっくに出ている。よって、ゆっくりと進んでいくしかない。サーフォ・マラガンが作為的につくりだした空気泡の迷路から、一本の道を探ることがなによりも重要だ。迷路には長い迂回路がかなりふくまれており、時間や、とりわけ体力と酸素を消費する。

そのうえ、だんだんと空腹も襲ってきた。飛翔可能な宇宙服や戦闘服を着用していると、たいていのことはできる。だが、抱擁や食事摂取に適した格好とはいえない。この姿でいられる時間はかぎられていた。スカウティとブレザー・ファドンも、徐々にそれを実感してきた。

問題を単純明快に説明すると……そろそろトイレに行く必要を感じてきたのだ。

宇宙服を着用してできることはたくさんあったが、なんでもというわけにはいかなかった。その手の問題をしばらくのあいだとりのぞいてくれる特製薬剤を任務前に服用することまでは、ふたりとも考えいたらなかったのだ。

スカウティは、あるハッチを指さした。それは閉じられている。つまり、その向こうには空気が存在するはずである。

そしてまた、人類やアイ人やリスカーもいるだろう。もしも、この空気泡が充分に大きなもので、なかがいくつかの気密性ハッチで分割されていれば、ことはかなりかんたんである。ふたつのハッチにはさまれた空間を、エアロックとして使うのだ。それがうまくいっても、即席エアロックを出たあとにふたたび空気を満たすことができなければ、貴重な空間がそのつど失われることになるが。

反対に、空気泡がちいさかった場合は、ハッチを開けば向こうにいる生物の生命に関わることになる。きわめてむずかしい板ばさみである。

スカウティは銃のグリップで、ハッチをたたいてみた。金属音が響いた。
数分待ったが、ハッチの向こうからはなんの物音もしなかった。この空間は無人だということか？

ベッチデ人たちはヘルメット・テレカムで会話をはじめた。

「本当にやってみる？」

「もう一度だけシグナルを送ってみよう。開けるのはそれからだ」

グロテスクな状況である。とくに、ベッチデ人たちがハッチを開けようとする理由を考慮すると。

ハッチの向こうにいるかもしれない乗員たちへの、ノックによる二回めのコンタクトの試みは、成立しなかった。スカウティは躊躇しながらも把手を動かす。

開かれたハッチから空気が押しよせてくる。ベッチデ人たちはすばやくなかにはいり、ハッチを勢いよく閉めた。

空間にはふたたび空気が満たされた。手首のコンビネーション計器を見れば、それがわかる。

スカウティはヘルメットをぬいで深呼吸をした。髪は汗にまみれている。

「まわりを見て」と、スカウティ。

それは、ぜんぶで二十二の異なる大きさの空間を持つ空気泡であった。どの部屋も無人である。

「サーフォはわたしたちの裏をかこうとしたんだわ」スカウティは確信した。「わたしたちを迷わせるために。たぶん、だれもいない空気泡はまだごまんとあるわ」

「サーフォの脳みそはどうなっているんだ？」ファドンは頭をひねる。「まったくわからない」

ファドンは、ためしに司令室に接続してみた。ただし、直接通話はしなかった。船内インターカムは、司令室で進行していることをだれもが聞ける状態になっている。ファドンが聞いてみたところによると、司令室は比較的しずかだった。

そのあいだにスカウティは洗面所を見つけて、シャワーを浴びた。ファドンのほうは、持参した食糧を出して食事の用意をした。

「さっぱりしたようだね」と、シャワーから出てきたスカウティに声をかける。女は鮮やかな黄色のバスタオルに身をつつみ、テーブルについた。

「ええ。あなたも浴びてくるといいわ」

かれらは二時間をかけた。ふたたび宇宙服を着用して先へ進む前に、まず髪を乾かさなければならなかったのがおもな理由である。

スカウティは部屋を退去する前に、ハッチが閉まるとただちに空気泡に空気をいれることをおこたらなかった。ほかのだれかが、いつまたこの空間を緊急避難所として必要とするかもしれないのだから。

＊

《ソル》の司令室では、だれもベッチデ人たちの遠足に気づいていなかった。

しかし、このふたりの動きをキャッチしていたものがあった。

セネカである。

ポジトロニクスはマラガンに、だれかが船の奥のセクターでタンクに酸素を補充したと伝えた。マラガンはすべての宇宙服の行き先をチェックすることができたので、可能性はただひとつ、そこにいたのは自分の友だとわかった。それとも、なんの痕跡ものこしていない、見えない異人だろうか。

マラガンのつくった偽装空気泡に侵入した者は、網羅された監視の目から逃れることはできない。確認したところによると、ひとつのハッチが二度開けられ、二度閉じられている。理論上はふたりを閉じこめることもできたが、マラガンはそれをひかえた。ハッチの操作機能を麻痺させたところで、なんにもならない。スカウティとファドンは武器を使って、いつでも真空地帯への道を切り開いていけるのだから。

サーフォ・マラガンは、スカウティとファドンのたどった道筋を図にしてみた。

「なるほど。そういうわけか」

ルートはかなり明確だった。ふたりが司令室から空気泡へ向かうそのあいだに、飛行中断の原因となった例の機械室がある。

スカウティとファドンはこれによって、《ソル》を停止させたのだ。これがマラガンの目に裏切りだとうつったと考える者もいるだろうが、マラガンはさしあたってかつての友に仕返しをする気などなかった。一度こうむった損害が、復讐によってもとどおりになるわけではない。そのためにかなりの数のロボットを送りこんだのだ。二、三時間後には、細心の注意をはらって飛行は続行された。

その後マラガンは、さらなるおもしろくない発見をした。友のとっているコースを延長すると、ほぼまっすぐに自分のかくれ場である空気泡に向かっているのである。これは偶然なのか？　それとも、ふたりがこちらの居場所をとらえたのか？　実際のところ、まったく可能性はないはずだが？　超常現象なのか？

マラガンは激昂した。

ベッチデ人たちを追いつめ、できるかぎり生け捕りにするべく、戦闘ロボットのグループに出動を命じた。

＊

重苦しいほどの静寂が支配している。スカウティは、それをほとんど肉体的な脅威に感じた。自分の呼吸音以外は、なにも聞こえない。ベッチデ人ふたりは沈黙したまま、採取チームの生活領域へとつづく反重力シャフトのなかを、下方向へ浮遊していた。

スカウティは採取チームに強い関心をいだいていた。噂で聞いた以上のことは知らないが、クラン人が自分たちの勢力を拡大強化するためにぜったい必要とするスプーディを採取できるのは、この人々だけだという。宇宙のどこかにあるヴァルンハーゲル・ギンスト宙域で、《ソル》中央本体の住人たちがスプーディを採取し、船内に持ちこむのだ。特定の人しか送られないというスプーディの採取場所とは、どんなところなのだろうか。何度か想像してみたが、考えてもわからない。スカウティがとくに理解できなかったのは、それほどむずかしい作業ならば、なぜクランドホル公国に多数ある高度な専門ロボットを使わないのか、ということだった。

反重力シャフトの出口が見えてきた。

次なる道を探すときだ。ベッチデ人たちは、マラガンがスプーディ船のふたつの部分の接続部を開放しているようにと願った。さもなくば、外側から中央本体への侵入を試みるしかない。そのためには、まず《ソル》から空気が排気されているエアロックを探さなければならない。排気用エアロックは、おそらくひとつしかないだろう。運が悪ければ船の反対側にある。あまりに宙航士の生活に慣れてしまったベッチデ人たちにとり、宇宙空間に出るのはそれほど心地よいものではなかった。とくに、なにを考えているかまったく予想のつかない者が船を支配していて、自分たちが外界の宇宙空間にいるあいだに、この支配者が飛行を続行するよう命じるかもしれない状況では。威風堂々たる大きさの船が移動するのを見おくりながら、無力になにもできないままとりのこされる……このような場面を想像するだけで、多くの人はあえて外に出ようなどとけっして思わないだろう。

スカウティにも、サーフォの人間性にかけるという自殺行為をする気はなかった。それよりももっとかんたんに採取チームのところへ行ける可能性はないものか。推定では、ふたりはすでに船のふたつの部分が接続されたセクターに到着しているはずだった。

たがいに手で合図を送る。

ファドンは、スカウティの背後で立ちどまった。

小型投光器の明るい光が、床の上を動きまわる。その光で、ケーブルや金属、鈍く反射する装置類が暗闇に浮かびあがった。

扉が見えた。その向こうに反重力シャフトへの入口がある。あそこから採取チームのもとへ行けるのだろうか？

スカウティは身ぶりで、わたしが行くからあなたは照らしてちょうだい、と、伝えた。

ファドンは、理解した旨を合図で返した。

すみにロボット一体が身動きせずに立っている。スカウティはその前を通りすぎた。

シャフトは真っ暗だった。

スカウティはファドンに手を振って合図した。投光器の明かりが、反重力シャフトの入口におりてくる。

照明範囲からほぼはずれた下のほうで、なにかが動いた。

下へ行ってみるわ。スカウティのジェスチャーは明らかだ。彼女は銃をぬき、安全装置をはずした。

スカウティは一歩シャフトのなかに足を踏みいれると、ゆっくりと深みにおりていく。ファドンもつづいた。奥底を照らそうとしたが、からだがはげしく動き、投光器の光があちこちへ揺れた。そのためになにも見分けがつかなかった。

ただ、ときおり、光を横切るものがある。なにかが動いているのだ。採取チームのひとりが移動中なのかしら？　スカウティは疑問に思った。

宇宙服のパルセーターを作動させながら、すみやかに下降することに専念した。ファドンも彼女にならった。そのさい、すこしのあいだ、投光器の光を上に向けたので、スカウティは底なしの暗黒に落ちていくような心もとない恐怖を味わうことになった。幸運にも、ファドンはすぐにもどってきたが。

短時間のうちに、ベッチデ人たちと先行者の距離はずいぶんと縮まっていた。

スカウティには、本当になにかがいて、動いているようすが見えた。人間の姿をしているように見える。

恐ろしいことに……そのなにかは、宇宙服を着用していない。

異人が乗船しているのだ！

掠奪者、宙賊、またはその類《たぐ》いの者と思われる。この真空のなかで、なんの影響もうけずに存在していられるとは、非常に異様な存在であるにちがいない。

あとを追うわ！　スカウティのはげしい身ぶりがそういっている。侵入者を捕らえようと思ったのだ。

シャフトの出口が見えてきた。異人は下に着地し、即座に動きだした。

そのすぐあとに、スカウティとファドンも底に達した。だが、罠にはまったことをすぐに察知した。

異人たちの一群がふたりを待ちうけていた。すくなくとも二十人はいる。

抵抗はむだだ。スカウティは銃をしまった。ベッチデ人たちは両手をあげた。

5

研究者ドウク・ラングルはゆっくりと慎重に身を動かした。それほど急いではいない。宇宙服を着用しなくとも、影響をうけることなく長時間、真空のなかにいられることは、ドウク・ラングルの存在形態の長所のひとつであった。とくに現在の状況では、それはきわだった利点である。

そういうわけで、気づかれることはなかった。サーフォ・マラガンにしてみると、研究者があたかも無に帰してしまったように見えただろう。しかし、ある意味、たしかにそうともいえる。ラングルは見えなくなったのだから。

研究者の目的はただひとつ。それは、サーフォ・マラガンのかくれ場を探しだすことである。キルクールのベッチデ人から〝山の老人〟と呼ばれる自分ならば、マラガンを正気にたちかえらせることができるかもしれない。おのれの全威信をかけて試みるならば、功を奏するかもしれない。

しかし、それにはまず、マラガンを見つけなければならない。インターカムを使ってそのような会話をするわけにいかないことは、ドウク・ラングルにもわかっていた。サーフォ・マラガンは、ほとんど身動きがとれないところに自分を追いこんでしまったようだ。その背後ではおろかしさの深淵が口を開けている。即刻、自分自身に根底から疑問を投げかけないと、もう一歩もあとにはひけないだろう。

この点からマラガンを見ると、うらやむべき状況とはほど遠い。屈辱的敗北というのはまったく問題外であるが、完全勝利ともすこし違う。

ラングルはゆっくりと反重力シャフトにそって移動した。どの方向に進むか熟慮しなければならない。時間が迫っている。公国はスプーディを必要としているのだ。一時間遅れるごとに、マラガンの行動を目だたせることなく終わらせる可能性もちいさくなる。到着の遅れがおもてざたになれば、徹底調査されるのは避けられないだろう。そう考えると、マラガンにはほとんどチャンスがない。かれのしていることは、反逆罪と同等なのだ。

その場合、かなりの点で星間種族法にのっとった調査がおこなわれるはず。問題は、この法律に照らして有効な協定を結べるところまで、ベッチデ人種族がすでに手はずをととのえたのか、ということだ。そのような協定がもし締結されたとすれば、現時点でも有効であるかを検証しなければならない。腕のたつ法律家が関わっていれば、まちがいなく数十年の交渉期間をひねりだせているはずだ。しかし、どんなクラン人指揮官をも徹底攻撃に向かわせるような状況に、マラガンが自分自身を追いこんでしまったという事実は、変わらないだろう。

トマソンもこれ以上長く手びかえることはできない。乗員たちのあいだの雰囲気は目に見えて悪くなっていた。船長が、野蛮な異人に……多くの乗員はマラガンを軽蔑的にそう呼んでいた……あれほどいいようにあしらわれれば、なによりクラン人の繊細な誇りが傷つく。遅かれ早かれ、トマソンは力に訴えなければならないだろう。遅くとも、スプーディ船の運命について知るためにクラン艦隊があらわれたときには。

しかし、これらのことは二次的な考えにすぎない。

ドウク・ラングルは考えこみ、口笛音を発した。

理論と思考によってのみ、かくれ場を探りだすことは可能であろうか？かんたんにできるはずだ。でなければこの戦い、ラングルはすでにマラガンに負けている。

マラガンはかくれ場に、空気、水、食糧、そしてエネルギーを必要としている。これらは船内には豊富にあった。セネカの力を得て自分の命令を押し通せる状況にある男にとっては、当然のことだ。

消費状況の図面をたどって、マラガンの所在地を知ることはできないだろうか？

ひとつの空気泡に何人が閉じこめられているかは、調べることができる。その空気泡のなかで消費される空気、水、食糧は、人数に応じた量となるはずである。

食糧、これがキイワードだ。おそらくマラガンは、カムフラージュのために、からの空気泡をいくつかつくっているだろう。よって、どこかにひとりぶんのみの空気と食糧が消費されている空気泡があるはずだ。

ドウク・ラングルは、船載ポジトロニクスのもよりの端末を探しだした。水の消費に関する資料の要請はまったく怪しいことではなく、ルーチン作業に属するものである。資料をチェックした。この方法はうまく機能するようだった。セネカは船内の事象を欠陥なく制御しており、たいていの場合、完璧に実行する。

その完璧さは、今回の特殊ケースにおいて、まさに天の恵みであるといえた。些末《さまつ》なことから、一種の論理的な捜査パターンを組みたてることができる。その捜査網にマラガンもひっかかるはずだ。

ラングルが必要な数値をそろえるのに、それほど時間はかからなかった。

分析結果から、ふたりの人物が船の中央本体へ向かっていること、船内のある区域でひとりの人物が空気泡のひとつのなかに腰を据えていることがわかった。孤立した一乗員なのかもしれないが、おたずね者本人の可能性もある。

ドウク・ラングルは満足そうな口笛音を出した。

かれは出発した。

すぐにわかったことだが、ラングルはマラガンのかくれ場からそう遠くないところにいたのだ。すこし進むだけでよかった。

しかし、そこには障害が待ちうけていた。ロボットである。

マラガンは明らかに、五百体はいるロボットに警報を発令し、かくれ場への侵入を阻止させているのだ。当然ながら、マシンは真空のなかでも銃を撃つことができる。つまり、完全に戦闘能力がある。

ラングルは躊躇しなかった。ロボット論理とマラガンの油断をあてにしていた。ロボットたちはおそらく、宇宙服を着用した者を撃退するようプログラミングされているだろう。そのさい、流血の惨事になるかどうかは、マラガンの気分しだいだ。宇宙服を着用していないクッション形の異人は、どうあつかわれるだろう。ロボットたちはこちらを危険と格づけするか、それともただの動く異物とみなすか？

ひとつ間違えば、命とりになる。ドウク・ラングルはそれを認識していた。

しかし、かれはつきすすんだ。ロボットたちに向かってまっすぐに……

＊

「宇宙船に乗るのはこれを最後にするわ」と、ガシュタ・フェロン。「今後はクランにとどまるつもり。そのほうが安全だから。わたしの冒険欲はこれ以上ないほど満たされたわ」

ツフィル・マルパーはほほえんだ。

「あなたはなにかべつのことをするつもり?」と、女技術者がたずねる。

「きみと同じだ」と、ツフィル。「とりあえずはね……いまのところ、望みや夢を実現する可能性は、われわれにはないから」

それは残念ながらあたっていた。グループは身動きがとれない状態だった。ハッチは理論上は手動で開けられるのだが、それは全員にとって確実な死を意味する。

「こちら、マラガンだ!」

トランペットの音のような甲高《かんだか》い声が、スピーカーから聞こえてきた。その声は全船内に響いた。

「船の飛行を阻止しようとする複数のくわだてがある。わたしはその妨害工作者をつきとめ、判決をくだすつもりだ」

「すっかり理性を失ってるね、あの人」だれかがつぶやいた。マイクもひろわず、マラガンにも伝わらないほどのちいさな声で。

「ところで、乗員諸君にはもう選択の余地をあたえないことにした」マラガンはつづける。「トマソンとタンワルツェンは、破損した装置を全力をあげて修理するように。それから、作業の士気をあげるため、船内の特定区域の空気供給を打ち切る。以上」

ツフィルは悪態をついた。「船のどこかにいるグループに、ゆっくりと窒息せよと宣告しているんだ。そんなことを想像すると……」

ツフィルとガシュタは顔を見あわせた。

「そのグループ、わたしたちのことかもしれないわ」と、ガシュタ。

ツフィルは言葉をのんだ。そのようなテロ行為がわが身に起こりうるという考えを、遠くへ押しやっていたのだった。

「もちろんそうだな」かれはゆっくりといった。「このグループが該当するのかもしれない。たしかに、われわれのことかも。理論上は」

ガシュタも息をのんで、立ちあがった。ともに閉じこめられた人々が見守るなか、非常にゆっくりと、各部屋に空気を送りこんでいる天井の換気口のほうへ向かう。そこで、プラスティック・フォリオの破片に火をつけた。

煙はまっすぐに上へあがり、空気中でその状態をたもった。換気口からは、もはやひとつの空気分子もはいってきていないということだ。

「理論上、ではないわ」ガシュタは驚くほど冷静にいった。「わたしたちのことよ」

沈黙がひろがった。

だれもが程度の差こそあれ、同じことを考え、不安を感じていた。

「われわれは、あとどのくらい、もちこたえられるのだろう？」

ガシュタは空気泡のなかにある部屋を目測した。実際、驚くほどひろい。しかし、充分ではないだろう。

「二、三時間か」彼女はかすれ声でいった。「長くとも一日。それ以上は無理だわ」

どのように死が訪れるのか、彼女はわからなかった。もしかすると、だんだんと入眠するようなものかもしれないし、もっとつらくて残酷なものなのかもしれない。それとも、最後のひと息まで全員で戦うのだろうか。事前の計算は不可能な状況だった。このようなときのために役にたつような訓練もできるものではない。

うしろで、ひとりの男が弱々しく泣きだした。その隣りには年老いた女がすわっており、マラガンのことをののしっている。どちらにしてもこの現状を救えるわけではなかった。

ガシュタは、胃のなかで不安が熱く湧きあがり、胸が押しつぶされるように感じた。息苦しい。感情をおさえ、消そうと試みたが、不安は居すわったままだった。

手をのばし、自分の指を見た。不思議なことに、震えてはいない。恐怖に硬直していたのだ。彼女は頭をまわして、ツフィルを見た。かれが近くにいることを知るのは安心だったが、この安堵も、時間とともに強くなってくる不安に対しては、なにもできなかった。

「しずかにしていれば」と、ツフィル。「酸素消費量もすくなくてすむ」

「かもな」だれかがいう。「でも、そのかわりに気が狂うよ」

ツフィルはインターカムへ進み、司令室に連絡した。

＊

トマソン船長はその技術者を見た。男は比較的おちついた印象だ。

男はトマソンに、たったいま自分のグループへの空気供給がとだえたことを報告した。

「きみたちだけか」と、トマソン。タンワルツェンも近づいてくる。「だれも連絡をしてこないので、われわれもいぶかしく思っていたところだ」

「ツフィル」タンワルツェンがいう。「きみたちの空気泡にはどのような部屋がある？」

技術者は急いで部屋の数を列挙した。

「ならば、船内薬局にたどりつけるはずだ」と、タンワルツェン。「そこで鎮静剤と睡眠剤の充分な在庫が見つかるだろう。それらの薬を人々に配れ。空気の消費をおさえるために」

スピーカーから甲高い笑い声が聞こえた。マラガンが犠牲者たちをあざけっているのだ。

「そのあとは？」

タンワルツェンは唇をかんだ。

「またなにか考えが浮かんだら、知らせよう」

ツフィルはタンワルツェンを見つめた。

「薬でグループ全員を眠らせることはできますが」ツフィルは驚くほどの冷静さをもっていった。「コンタクトがとぎれないように、すくなくともひとりは起きていなければなりません」

ひとりの若い女がカメラにはいってきた。タンワルツェンは彼女の名前をとっさに思いだせなかったが。

「それはわたしたちがふたりでやります」と、若い女。

タンワルツェンはうなずく。かれは、なにがこの言葉のうしろにかくされているのかを知っている。全員が心身ともにおちつくあいだ、ふたりは待機していなければならない。だんだん空気が薄くなっていくのを感じるだろう。すべての救済処置が成功するか失敗するか、絶望と希望のあいだを間断なく揺れ動くだろう。それをもちこたえるには、並はずれた太い神経が必要である。

「なにか思いついたらすぐに連絡する」タンワルツェンはいった。

船を指揮するふたりは、たがいに顔を見あわせた。トマソンはとほうにくれたようすだった。タンワルツェンも同様に、すっかり打ちひしがれているように見えた。

「もしかしたら……」ツィア・ブランドストレムがつぶやいて、タンワルツェンを見やった。「どこかべつの空気泡とこのグループがいる空気泡をつなぐ配管を、もちろん、マラガンに知られないようこっそりとつくることができれば、しばらくのあいだ、ここの人々に空気を供給できるのではないかしら」

「その空気泡が通常よりもいちじるしく多い酸素を消費していることに、セネカが気づくだろう。そうなれば、マラガンはわれわれの痕跡を見つけるだろうよ」

「かまわないわ」ツィアは説明する。「とにかくそれで時間が稼げる。いまは一時間一時間が大切だもの」

「宇宙服を着用した要員を送らなければならないな」と、トマソン。「かれらがここに帰還することはできない。われわれが提供できる人材や資材は、作戦のたびごとに縮小していく」

「そのリスクは負わなければ」と、タンワルツェン。「ツィアの提案は実行可能だと思うが」

トマソンはしばし考えてからいった。

「わかった」

タンワルツェンは、任務を遂行するグループを編成するために、その場をはなれた。

トマソンは現状について考えをめぐらせた。状況は時間が過ぎるごとに見通しがきかなくなっている。時間がたてばそれだけ、この混乱からふたたびぬけだせるチャンスはちいさくなるのだ。

そのうえ、トマソンには、あとふたつの気がかりなグループがあった。ベッチデ人ふたりの消息は、依然としてつかめない。ただし、かれらに関しては、トマソンはそれほどこだわってはいない。この混沌に無関係というわけではなかったが。

そしてもうひとり、あの〝山の老人〟と呼ばれる研究者も同じく、この船のどこかをさまよっているのだ。

この三名がまた連絡してきたさいは、なんといってくるだろうか。

もしも連絡してくるのなら、の話だが……

6

その異人は手をあげた。それは旧式の挨拶のしかただった。ブレザー・ファドンは一瞬とまどったが、同じ身ぶりを返した。

異人はベッチデ人たちに、いっしょにくるようにと合図した。

当初の不安は払拭《ふっしょく》された。明らかにこの人物たちは敵ではない。

それにしても、かれらがまぎれもなく宇宙服を着用せずに真空のなかを動きまわっているのを見るのは、充分な驚きだった。

異人たちとベッチデ人は《ソル》中央本体の内部へと進んだ。

驚くべき考えがファドンの頭のなかに浮かんだ。かれらは採取チームのメンバーなのか？　ばかげた考えかもしれない。しかし、むやみに否定もできないように思える。

採取チームについて話した技術者たちは、かれらを〝ガラス人間〟と呼んでいた。その名前にぴったりではないか。かれらの皮膚は本当に赤みがかったガラスのようであったのだ。

異人のひとりが、停止するよう指示した。

ハッチが閉まり、空気音がだんだんと大きくなって響いた。

ファドンは気圧計を見た。空間に酸素が注入されている。

しばらくすると、ベッチデ人はヘルメットを脱いで異人と話をすることができた。

「ようこそ」グループの代表者がいった。「だれかがそろそろ、われわれのことを気にかけてもよさそうなころだと思った」

「え?」と、スカウティ。

「タンワルツェンがきみたちをよこしたのか? なぜ、インターカム通信がこないのだ? なぜ、船のひろい範囲が真空になっている?」

「いっぺんにたくさんの質問だな」と、ファドン。

ファドンはだんだんと把握した。かれらは、《ソル》の難破船内で棺におさめられていた種族の生存者なのだ。全身を大きなバーロ痣《あざ》でおおわれた生物である。

代表者の顔は、いまやあからさまな不審をしめしていた。

「きみたちは、だれだ?」

「惑星キルクールのベッチデ人よ」スカウティが急いでいった。「ただの乗客なの」

ガラス人間は不機嫌な声を出し、むっつりといった。

「なにも知らないふたりをわれわれのもとに送りこんでくるとは、タンワルツェンはいったいどうしたのか？　われわれがひまだとでも思っているのか？」

「偶然なのよ」と、スカウティ。「この船は目下、トマソンとタンワルツェンに敵対するサーフォ・マラガンという男に支配されている。サーフォはかつて、わたしたちの友だったのだけど、四重スプーディを保持しているの」

「聖なる《ソル》よ」と、ガラス人間。「それにはだれも耐えることはできない。きみたちの友はそれが原因で死ぬぞ」

「しかし、その前にかれがわれわれを殺すだろう」と、ブレザー・ファドン。「船長たちに圧力をかけようとしている。惑星クランに行き、おそらく賢人を攻撃するつもりなのだ。かれがなぜそんなことをしたいのか、われわれにはわからないが」

「あなたたちが採取チームなのね？」スカウティが急いで口をはさむ。

「そのとおり。われわれはバーロ人だ」と、ガラス人間。

「バーロ人？　じゃ……」

「われわれは親戚なのだ」ガラス人間は認めた。それはしずかに、少々悲しげにさえ響いた。「われわれの種族はソラナーから派生した」

「知っている」と、ファドン。「わたしにもバーロ痣がふたつあるんだ」

「これからどうしたらいいの？」うしろからひとりの女がきいた。「これでは、なにもできないわ」

バーロ人の代表者は振りかえった。

「どうしたものか？」と、打ちひしがれたように、「このわれわれは」

女は当惑してうなずいた。

ブレザー・ファドンは目を細めた。

「あなたたちはまだ、サーフォに気にかけられていない」と、きっぱりいう。「だから、真空の空間を縫ってサーフォになんなく迫ることができる」

「で、われわれになにをしろと？」

「戦うんだ！　サーフォを打ち負かしてくれ！」

「武器を手にして？」バーロ人は笑った。「若き友よ。われわれは少数だし、とりまく状況は悪い。自分たちを危険にさらしてはならない。臆病だからそういうのではない。クランドホル公国への懸念があるからだ」

「あなたたちしか、スプーディを採取できないからか？」

「そのとおり。われわれがここにとどまるしかない理由について、くわしいことはきかないように。しかし、《ソル》中央本体で暮らすわれわれは、かけがえのない貴重な存在なのだ」

その言葉は、誇らしげというよりもむしろ絶望的に聞こえた。ブレザー・ファドンとスカウティは一瞬たがいを見あった。この出会いを少々違うふうに、もっと輝かしいものだと想像していたのだが。

「それでもやってみようとは思わない？」と、スカウティ。「わたしの見方が正しければ、あなたたちは無傷でサーフォのところへ行くことのできる唯一の存在なのよ」

「ふむ」と、バーロ人。「可能性がひとつある。《ソル》のふたつの部分を切りはなすことだ。そうすれば、マラガンとのコンタクトは断ち切られ、われわれにはセネカが手にはいる。なぜセネカは、この男を遮断しなかったのだろう？」

「わからない」スカウティは認めた。「それどころか、反対にサーフォはポジトロニクスと結託しているわ。あるいは、ポジトロニクスがかれと結託したのか。とにかく、わたしたちの知るかぎり、セネカ側の協力は望めないということ」

バーロ人はうなずく。

「それでは、ふたつの部分を切りはなしにかからなければ」そういうと、笑みを見せて、「セネカなしでは、きみたちの友は無力だ。問題はまもなく解決するだろう」

スカウティとブレザー・ファドンは、たがいを見あった。この楽観主義に正当性があるのか、ふたりが疑うのも無理はなかった。

ふたりはバーロ人たちの居住区へついていった。そこの雰囲気は異様なもので……そこはかとない悲しみ、しずかな諦観が支配していた。全員そろってなにか悲惨なことを待ちうけていて、それに抵抗しても成功する見通しはないような、そんな雰囲気だったのだ。

「《ソル》の両部分にはそれぞれ司令室があり、充分な飛行能力も持っている」と、バーロ人の代表者。「だから、われわれも《ソルセル＝1》からはなれることができる」

「でも、マラガンかセネカが抵抗したら？」スカウティがたずねた。

バーロ人は自信たっぷりにほほえみ、

「セネカは船のこちら側の部分にあるのだ」と、いう。「この問題に対する解決はかならずある。われわれを信用していい」

「信用する以外、わたしたちにできることはないわ」と、スカウティ。

ふたりはバーロ人の代表者につづき、中央本体の司令室へ進んだ。そこは、クラン人船長トマソンが指令を出しているキャビンと驚くほど似ていた。

バーロ人はトマソンに通信を試みたが、通じなかった。スプーディ船のふたつにわかれた部分間のインターカム回線が切断されていたのだった。

「ならば、自力で行動するしかないな」と、バーロ人。かれは機器に手をかけた。

＊

ガシュタ・フェロンは壁に背中をもたせかけ、できるだけしずかに息をしようと苦心していた。

目前にある光景は、彼女の悪夢よりも本質はもっと恐ろしいということをしめしていた。十二人以上の人々が、床にじっと横たわっている。ほんのときおり、胸郭が弱々しく動くことで、まだ生きていると認識できるだけだ。

人質たちは、強力な効き目のある鎮静剤を服用していた。その状態は、人工冬眠中といってもいいだろう。

起きているのは、ふたりだけ。床にすわり、ときどき黙ったまま見つめあう。ガシュタ・フェロンとツフィル・マルパーに、たいして話すことはなかった。たまにどちらかが手をのばして、相手の手を短く握り、あなたのことを考えているよというサインを送った。この気のめいる雰囲気のなかで、自然な愛撫というちょっとした身ぶりは、これまでになく必要だった。

かなり長い時間、ふたりはそうやってすわって待っていた。時間はときにゆっくり、ときに速く流れる。それは、待つことにどれほど集中しているかによって違った。

ガシュタは、たったいま、短い睡眠からさめたばかりだった。寝ているあいだ、苦しみや恐怖に満ちたシーンの出てくる恐ろしい夢をみていた。

クロノメーターをちらと見る。本当にもうそんな長い時間がたったのだろうか？

「トマソンからはなんの連絡もない」と、ツフィル。まっすぐに前を見つめる表情は硬い。ガシュタとツフィルは、知りあってまだまもないが、苦境とたがいの相性が結びつき、奇妙な運命共同体が形成されたのだった。この非常事態がおさまったあと、ふたりの関係はどうなるだろう……おさまることがあればの話だが。さしあたり、楽観できる理由があるようには思えなかった。

「なにをいっていいかわからないんでしょう」と、ガシュタはつぶやく。「敵にすべて盗聴されているし。マラガンって、いったいどんな人間なのかしら？」

ツフィルにも見当はつかなかった。

ひと呼吸するたび、のこされたふたりの生命と、ほかの全員の生命が縮まっていく。最長であとどのくらいもつかとはかりながら、命をこのような方法で使いはたすとは、なんとむごいことか。ガシュタはいままで、こんな問題で頭を悩ませたことはなかった。当然である。彼女は若く、知的で美しい。人生には自分を待ちうけていることがたくさんあるように思えた。この数日ではじめて、これまでにないほど間近に暴力や死と直面し、あれこれと考えた。しかし、その思考がもはや未来のないものであるのがショックだった。

ガシュタは、この恐ろしく長い、神経を消耗させる待ち時間ほど、生に執着したことはなかった。最後には死が訪れる以上、待ち時間もやはりとんでもなく速く過ぎているように感じられた。

「マラガンはなにか知らせてきた？」

ツフィルはかぶりを振った。

かれは立ちあがり、冷蔵庫のある隣りの部屋へ行った。清涼飲料水のはいったコップをふたつ持ってもどってきた。

ガシュタはコップをうけとった。炭酸いりレモネードである。手の温かさが発泡をさらにうながし、薄い泡の層がレモネードの表面に浮かんだ。

それを見て、悩ましく思った。この部屋のなかに、呼吸できない気体が数立方センチメートル存在することになる。炭酸が部屋にはなつ泡のひとつひとつが、彼女の生命のほんの一瞬ぶんを短くしているのである。

ガシュタはいっきに飲んだ。喉が渇いていたし、飲めば炭酸の泡を見ないですむからだ。おそらく、この時間、この部屋のなかで、近づく死を連想させないものはなかったであろう。

どこからともなく物音が聞こえてきた。ガシュタはぎくりとして、ツフィルを見た。かれもなにかを聞いたらしい。音は、隣接する部屋のひとつから発生しているようだ。

「見てくる」ツフィルはそういって、ふたたび立ちあがった。

「わたしも行くわ」ガシュタも断固としていった。

ふたりは、音の源にたどりつくまで、部屋を四つ通りぬけなければならなかった。音は床下から発しているようであった。金属と金属がぶつかるような音だ。

「なにかしら」ガシュタが問う。

ツフィルは床に身を伏せ、銃をぬいた。銃のグリップで、床を強く三度たたいた。すると音は鳴りやみ、それから三度たたきかえす音が聞こえてきた。

ツフィルは笑顔を輝かせた。

「われわれを迎えにきてくれたんだ」

かれはノックの合図で向こう側の人々と意思を疎通させた。解読には少々骨が折れたが、うまくいった。

「ドアをぜんぶ閉めて、隣りの部屋に閉じこもるようにとのことだ」ツフィルはしばらくしてからいった。「明らかに、われわれのほうへ配管をつないで酸素を供給しようとしている」

ガシュタは視線の向きを変えた。

部屋を仕切るドアは丈夫だが、ハッチではないため、空気が隙間から漏れる。救助者が作業を進めている場所は真空のはずだ。もしも救助者が、真空に耐えられるように配管を密閉できなかったら、のこりの空気は数分のうちに空気泡からぬけていくだろう。

「これは死をかけたゲームだ」と、ツフィル。「やってみるべきか？」

ガシュタは眠っている人々を見た。かれらは、もし最悪の場合になったとしても、気づかずに最期を迎えるだろう。しかし、だからといって、自分とツフィルが生死の決断をしていいのだろうか？　たしかに自分たちも犠牲者だ。それでも、苦難をともにする人々の命もいっしょにかけていい権利は、まったくない。

「やってみよう」と、ツフィル。「それ以外のチャンスはないのだから」

ツフィルが決断をノックの合図で伝えたあと、ふたりはそこからしりぞいた。

作業の騒音が再開した。ガシュタにはそれがはっきりと聞こえた。

彼女は息をとめ、何度もドアを見た。死をもたらす、空気のぬけていく音が聞こえたらどうしよう。

やがて、そのときがきた。

あちら側の作業員たちが開口部をつくったのだ。あとは、この開口部をすばやく密閉することに、すべてがかかっている。

恐ろしい音がした。空気のぬける切れ目のない音が、耳のなかでどよめく。それは鳴りやむことがない……

ガシュタはクロノメーターを見た。一秒、また一秒と時間が過ぎていく。

「まにあわないわ」ガシュタは声を押しだす。

三十秒が過ぎた。しかし、噴出音はとまらない。心臓の鼓動が速くなり、ガシュタは恐怖でほとんど身動きできなかった。身も心も硬直してしまっていたのだ。

すると、騒音が忽然《こつぜん》と消えた。死の恐怖にさいなまれていたガシュタには、ほとんど信じられないことだった。彼女はまだ身をかたくしたまま、ドアを見つめていた。ツフィルにつかれて、ようやく生気がもどった。ガシュタはツフィルの首に抱きつき、泣きながら笑った。

ガシュタがおちつきをとりもどすまで数分かかった。ツフィルも同じく、忍耐の限界に達していた。それからふたりはドアを開け、配管の接着部を探した。

それは床にあいた穴にすぎなかった。縁はまだすこし赤黒く焼けている。その開口部から、まだ溶接個所の熱のせいで温かい風が吹きこんできた。それは空気であり、酸素であり、命であった……

ツフィルはひざまずいた。

ノックの合図で、かれは友であり救助者である人々に、作戦が成功したことを伝えた。その後、この小部隊は撤退した。助けてくれた人々の顔も見なかったとは、奇妙な思いがした。

穴からはいってくる空気が、ようやくすこし涼しくなった。ガシュタは頭をその上にかざして、髪がなびくのを楽しんだ。満面の笑みを浮かべて。

ツフィルはインターカムへ行った。司令室への回線はまだつながっている。

「なにか変わったことはあるかね？」トマソンは顔色ひとつ変えない。

ツフィルのほうは、不安そうな声を出そうと苦心した。マラガンがまずまちがいなく盗聴しているだろう。楽観的なことが聞こえたら、マラガンに気づかれてしまう。

「大丈夫です、船長」と、ツフィル。「接続が切れなければいいのですが」

「われわれもできることはすべてやるつもりだ」と、トマソン。

ガシュタがツフィルに近づいてきた。

「どうする……？」と、眠っている人々のほうに頭を向けた。

ツフィルはかぶりを振った。ほかの人々は人工的な休息状態においたままのほうがいいだろう。マラガンがトリックを見破り、なにか新しいことを思いつくまで、どのくらいの時間がかかるか、だれにも予見はできない。

「待とう」と、ツフィル・マルパー。「これ以上のことはできない」

それは、敗北宣言のように聞こえた。

＊

サーフォ・マラガンもまた待っていた。敵がついに屈するのを。

とにかく、かれらを非情に追いこんだことはたしかだ。トマソンが屈従しなければ、多くの人間が死ぬだろう。

それなのに、船長は動かない。

あのクラン人にとって、人質はどうでもいいというのか？　マラガンにはとうてい想像できなかったが、おもてむきはそのようだ。

それとも、利口な船長は、こちらの脅迫を威力のないものにしてしまう策を思いついたのだろうか？

マラガンはさまざまな意味で敵を信用していた。理由なしに、このような船の船長になれるものではない。トマソンは、それに値《あた》いするなにかを持っているはずだ。

生体ポジトロニクスの情報網を使って、情勢をチェックした。なにも変化はない。宇宙服を着用したひとりあるいは複数の人物が、司令室のある空気泡を去り、ふたたびもどっている。ポジトロニクスがすぐにつけくわえたことによると、そのためにかなり多くの空気が使われていた。

しかし、マラガンはそこで、ある発見をして不審に思った。司令室で、通常よりも非常に多くの空気を消費していたのだ。乗員たちによる全般的な消耗や緊張のせいかもしれないし、エアロック操作のさいに大量の空気を使ったということも、たしかにあっただろう。

しかし、それでもカバーしきれないのである。

マラガンは、手早く計算しなおした。司令室乗員の消費量は、見積もることができる。エアロック操作にかかった空気量も同様だ。そこから、司令室の消費総量が決まる。しかし、この数値が、マラガンの計算を大きくこえているのである。

この空気の超過ぶんはどこへ消えたのか？

マラガンは、この謎をべつの方法で解くことにした。つまり、この消費超過ぶんによってまかなわれた空気泡がどれほどの大きさであるはずか、計算したのだ。結果は明白だった。この量なら、複数の部屋に供給できる。

マラガンは急いで、司令室周辺を調べさせた。

ポジトロニクスによるチェックの結果は、かれを混乱させるものだった。司令室のあたりで部屋がいくつか増えたわけではない。空気泡の大きさは以前と変わっていなかったのだ。

では、まったく違う方法で問題を解決しよう。

かれは、セネカに司令室への給気を減少させた。つまり、トマソンとその部下たちが突然に多く消費するようになった量をおさえたのだ。このやり方は、これまでマラガンがとっていたきびしい方法よりもいいように思えた。

それから、またトマソンとタンワルツェンに対抗する計画を練るのに没頭する。そこでさらなる発見をして、最初は愕然とした。

あらゆる場所に存在するセネカのセンサーが、船の中央本体がソルセルと分断されはじめたことを探知した。二隻の反重力シャフト・システムを連結していたテレスコープ状延長部が、すでに格納されている。

当然、マラガンはこの試みが中止されるようとりはからった。

この時点までマラガンは、まだそれほど集中してスプーディ船の中央本体に注意をはらっていなかった。そろそろその間違いを訂正する時期である。

サーフォ・マラガンが、大変よろこばしいデータをいくつか集めるのに、それほど時間はかからなかった。

ついに、伝説の採取チームの正体を知ったのだ。

同時に、こんどこそ船長たちの戦闘能力を失わせる手段を思いついたのだった。

7

トマソンの息が荒くなっていた。しかも、司令室の温度が変化したようだ。本来、こんなことは考えられない。セネカが空調をメンテナンスし、監視しているのだから。たまたま起こった偶然のいたずらなのか？　トマソンは納得できる説明をもとめて、表示装置を見やる。

驚いた。

司令室の気圧がさがっている。表示はゆっくりとだが、食いとめることもできないまま、生命の危機にかかわるほどの低さまでさがっていく。

トマソンはタンワルツェンに合図した。ハイ・シデリトは催促にしたがうべく、急いでやってきた。以前なら、技術者とその他の乗員のあいだに摩擦があったが、そのような敵対意識もいまは消滅していた。乗員の共通敵は一致している。

「これを見てくれ」と、トマソン。

タンワルツェンは額にしわをよせた。カバーの上を指先ではげしく連打する。それから、キイボードに二、三のコマンドを打ちこんだ。かれの表情は硬い。

「マラガンがわれわれの計略を見破った」と、ハイ・シデリト。

「なんだって？」

「かれは、閉じこめられた人々にわれわれが送っているのと同じ量の空気をさしひいて、こちらに給気している」

トマソンは驚いた身ぶりをした。

そのようなことを考えつくとは、マラガンの悪意はすさまじい。閉じこめられた人々への給気を断ち切れば、板ばさみとなってしまったのは明白だ。閉じこめられた人々への給気を断ち切れば、かれらに確実な死を宣告することになるし、このままにしていれば、やがて司令室のメンバーに多幸感が生じてくるだろう。典型的な酸欠の初期症状だ。とくに、徐々に酸素がすくなくなると、その作用が出る。症状に襲われると、陽気になり、周囲のことをまったく意識しなくなるか、すくなくとも真剣にうけとめなくなる。この人工的な多幸感のなかで、犠牲者はたいてい破局的な過ちをおかす。トマソンはこの現象を、惑星宙航士の訓練時代に経験した。大気圏飛行中に一度、キャビンからすこしずつ空気が漏れたことがある。あやうく、浮かれた気分で笑いながら僚機につっこむところだった。

この多幸症の発作が起こったあとは、失神して死にいたる。

トマソンとタンワルツェンは顔を見あわせた。

この場合は、船長が決断しなければならない。しかし、それは感情のある生物ならだれもが避けたい、むごい決断だ。命と命を、量と質をはかりにかける、残酷な取引である。ひとりのクラン人幹部と、専門的知識を持たない技術者ふたりは釣りあうか？　妊娠中の若い女技術者には、年老いたクラン人船長よりも救助すべき価値があるか？

タンワルツェンは口を強く結んだ。口のまわりの筋肉がものをかみつぶすような動きをしている。ハイ・シデリトのうしろに立つツィア・ブランドストレムの顔は色を失っていた。

「この決断は」カルス・ツェダーがちいさな声でいう。「われわれをこの状況に追いこんだ男にさせましょう」

トマソンはタンワルツェンを見た。

「飛行はいつ続行できるかね？」

「いますぐにでも」と、技術部門での支配権を持つハイ・シデリトがいった。「それが本当に必要であれば」

トマソンは憤慨した身ぶりをした。

どうすればいいのだ？

飛行をつづけたら、コントロールのきかない船をクランに向かわせることになる。それはとりわけこの船の権力手段において、非常に重要な意味を持つ。もしも、悲劇を呼ぶセネカとマラガンの同盟がつづけば、両者はクランに第一級の災禍をもたらすだろう。クランは公国の中枢であり、クランドホルの賢人は公国の存続のために不可欠なのだ。重責をになう船長が、公国をそのような危機にさらすことなどできない。

マラガンの恫喝《どうかつ》はまだ未解決のままである。《ソル》船内の人質を苦しめるか、それとも飛行をつづけるか。つづければ、時間的、場所的、人員的な危機には猶予ができる。

「新しいバイパスをつくることは可能だろうか？」

タンワルツェンは時計を見た。

「のこされている短い時間のあいだには無理だな。死との競争になる。猶予はほんの二、三時間だ」

二、三時間。そのあいだに、なにか起こらないだろうか？　スプーディ船の不在に気がついた人々が艦隊を派遣するとか、生体ポジトロニクスが犯罪目的のために悪用されたことをセネカが認識するとか……そもそも、生体ポジトロニクスほどの複雑な高機能構造物を、悪用できるとすればだが。いや、悪用されたのはマラガンのほうだとも考えられる。ただその場合、セネカの行動変化に理論的な説明が欠けることになるが。

二、三時間のあいだに、幽閉された人々がセネカ＝マラガン連合を破る方法を見つけるかもしれない。

あるいは、マラガンが四重スプーディの保持に精神的にもちこたえられず、数時間のうちに死亡してしまう可能性も排除できない。

これらすべてのことが起こりうるのだ。その蓋然性を吟味するためにこそ、セネカの力が必要だったのだが。

タンワルツェンは、トマソンの手足がかすかに震えているのを見た。よくも悪くも、将来に対するすべての責任は、最終的にトマソンにかかっているのだ。タンワルツェンは、この責任の極度の重みについて、想像さえしたくはなかった。

計器に目をやる。気圧はさらにさがっている。多幸感の最初の症状があらわれるまでには、まだ数十分、あるいは数時間かかるだろうが、ひとたびこの状態に達すると、助かる見こみはほとんどない。

トマソンはタンワルツェンを見た。

「もうひとつ、方法がある」と、トマソン。

「わかっている」ソラナーが答えた。

ツィア・ブランドストレムはますます青くなった。カルスは震えている。

もちろん船長には、スプーディ船内で大型核爆弾を起爆させるという道がのこっている。その破壊力に対する防御手段はない。耐えられるのはせいぜいセネカのバリア・フィールドぐらいで、あとは乗っているすべての生物もろとも、船が潰滅するのだ。

トマソンがその決断をくだせば大量殺人となるし、乗員たちの了解をとろうと試みるならば集団自殺となる。しかし、それは正常に機能する、つまり監視されていないインターカムがあればの話である。トマソンにできることといえば、司令室の乗員たちにたずねてまわるくらいだろう。

まわりにいる少数の人々の反応で、トマソンはどのような返事が得られるかを想定することができた。

そのような可能性をけっして選択しないようにと迫る人々が多数であろう。

「いまこそ賢人の助けが必要なのだが」タンワルツェンがつぶやく。「いずれにしても、わたしにはどうしたらいいかわからない」

トマソンは背を向けた。

司令室は、クラン人やリスカーのほか、クランドホル公国に属するほかの生物たちであふれていた。本来はこの時間に睡眠をとっているはずの乗員たちまで、司令室に集まっている。なにしろ、生死に関わる、公国の将来と滅亡に関わる決断がここでくだされるのだから。

トマソンはいまだかつて、これほどの不安と孤独を感じたことはなかった。

これまで、決断したことは実行してきた。いかなる決断の選択肢にも、あるグループにとっては不可避の災難が降りかかった。本質的に述べがたいいくつかの弊害のなかで、どれが最小の災いですむか、ひとつの決断をしなければならないのである。

トマソンはことの展開をひそかに呪った。つい最近まで、申しぶんのない気持ちだったのに。

あのとんでもないベッチデ人が船にやってきたのが、不幸のはじまりだった。いまや、公国でおそらくもっとも重要なこの船には、かけがえのない貴重な積み荷がある。そして、それに劣らぬほど貴重な人々が……

そこでトマソンはひっかかった。

採取チームはどうなったのだ？　これまでバーロ人たちはいっさいコンタクトしてきていない。

マラガンが……？

トマソンは振り向いた。ハイ・シデリトが晴れやかな顔でほほえんで、

「正気に返ったようだぞ」と、うれしそうにいう。

「だれのことだ？」

「マラガンですよ」ツィア・ブランドストレムが勢いよく答えた。「かれ、気圧をまたあげました。それだけでなく、ほかの真空領域にも空気をいれています。いい徴候じゃありませんか？」

トマソンはののしりの言葉を発した。

この驚くべき寛大なはからいがなにを意味しているか理解するのに、たいした思考力

は必要ないだろう。

サーフォ・マラガンは、あらたに卑劣な悪だくみを思いついたのだ。今回は、《ソル》の乗員たちにとってもっとも弱点となる場所にてこいれしたのである。

トマソンは機器に歩みより、船内の状態を図示させた。案の定、マラガンはセネカの力を借りてスプーディ船のすべての空間に酸素を注入しているところだった。

ハッチは開けられ、人質たちは解放された。

しかし、サーフォ・マラガンはそのかわりに新しい人質をとった。

バーロ人たちである。

かれらはもはや船から出られない。《ソル》内に監禁されたのだ。

それは、かれらの確実な死を意味していた。

＊

これまで、バーロ人の詳細な生理的、歴史的、および生化学的特異性について、厳密には知られていなかった。研究はされていたのだが、バーロ人の数が昔から多くなかったためである。

わかったのは、バーロ人の皮膚が非常に特殊な構造をしていること。この〝ガラス皮膚〟が最初にあらわれたのは、いわゆる宇宙ベビーが生まれたさいである。この子供の姓が、のちに種族名となった。

この特殊な皮膚は、バーロ人たちが宇宙空間で生存することを可能にした。この皮膚のおかげで、外宇宙の寒さにも真空にも耐えうるのである。

しかし、そのせいで、バーロ人は定期的に宇宙空間に出なければならなくなった。かなり極端な生態系に適合すべく高度に特化された器官を持つ生物というのが、いつの世にもいるものだ。こうした個体がその特殊器官を定期的に使わない場合、命とりになる。もっとも限定された居心地悪い生態系を選んだバーロ人の場合、その特殊器官とはガラス皮膚である。そこに適度な負担がかからないと、皮膚が装甲化して新陳代謝がとまり、中毒を起こして死にいたるのだ。バーロ人も人類やクラン人と同様に、大気中では皮膚呼吸をするのだが、バーロ皮膚が不浸透性の装甲に変化すると、それができなくなる。こうした不運の結果として訪れるのは、緩慢で苦痛に満ちた死だ。

まさにこうなることを、サーフォ・マラガンは公然と期待しているのである。

＊

「これでいかなる抵抗も無用なものとなりました」と、カルス・ツェダー。「この脅迫に、わたしはもうなんの助言もできません」

トマソンは否定するしぐさをし、小声でいった。

「マラガンの百八十度の転換のおかげで、こちらは時間が稼げる。長時間ではないが、短くとも時間は時間だ」

「せいぜい二、三時間だ。それ以上はない」と、タンワルツェン。「それに、脅しに対してなんの役にもたたない。いっておくが……」

トマソンは拒絶の合図をした。

この件に関する特殊事情を、だれかから指摘される必要はない。それは、上層部では周知の事実なのだ。深刻な心配の種でもあった。

バーロ人の数は非常にすくない……わずか三百二十人だ。かれらはもうかなり年老いており、落胆、諦観、絶望というものを背負っている。

クランドホル公国におけるスプーディ供給は、バーロ人にかかっていた。

公国の全権力機構はスプーディの力にたよっている。そのスプーディは、採取チームを乗せたこの船によってのみ、調達される。そのバーロ人たちの生命が、いまやサーフォ・マラガンによって脅かされているのだ。

ツィア・ブランドストレムが手でなにかジェスチャーをした。爆発するようすを表現している。トマソンはそれを見て、憤懣《ふんまん》の態度を見せた。

「それ以上いうな……」

「なぜだ？」タンワルツェンが小声でたずねる。「われわれ、マラガンの関心をひかなければならない。バーロ人を安全な場所へ連れていくだけのためにも」

「だめだ」トマソンははねつける。「バーロ人をやみくもにあれこれ実験に使ってはいけない」

「ほかになにか方法があるか？」ハイ・シデリトがたずねる。「降伏するか、抵抗するか、どちらかしかない。もしもマラガンがばかげた計画を実行にうつし、賢人を本当に攻撃するならば、バーロ人の命は……野蛮な表現で申しわけないが……どっちにしろたいした価値はない。賢人の助けがなければ」

「賢人の従者なら、当然そういうだろうな」トマソンはちくりと刺した。「賢人のもとへ行ける者ならば。知ってのとおり、われわれは行けない」

「その事実には、しかるべき理由があるのだ」タンワルツェンはそっけなくいう。「くりかえすが、賢人の助けとスプーディがなければ、公国は現在の拡大政策をこれ以上進められない。現状維持さえもできないだろう。マラガンがバーロ人を捕らえても、賢人を攻撃しても、いずれにしろ公国の中枢部がやられる」

「きみにいわれなくとも」トマソンはうなった。「それはわたしがいちばんよくわかっている」

ひとりの乗員が伝言を持ってきた。

「修理班の出入りに使う小エアロックを開けようとしたのですが、施錠されていました。

手動では開けられません」

トマソンはうなり声をあげた。これも予想していたことだ。形勢は外的状況によって、完全に逆転した。しかし、かといって、事態はこれっぽっちもよくなっていない。

「ベッチデ人たちはどこにかくれているのか？」

「こちらに向かっています」カルスが報告。「すでに中央本体をつっきって」

トマソンはタンワルツェンを見た。

「スパイでもない、破壊工作者でもない」と、はげしい調子でいった。「いたってふつうのソラナーの子孫だと思っていた。だが、そのうちふたりは、行かなくてもいいところをうろうろ嗅《か》ぎまわり、三人めはセネカを牛耳《ぎゅうじ》っているありさまだ」

「そのこととわれわれはなにも関係がない」タンワルツェンが鋭くいいかえす。「それとも、技術者にして賢人の従者である者たちの忠誠心を疑うのか？」

「もちろん、そうではない」トマソンは怒りをしずめた。「すまなかった」

タンワルツェンはあわてて、

「もういい」と、いった。「この状況下でだいじなのはチームワークだ」

カルスは同意するようにうなずくと、

「チームワーク。響きはいい。だが、われわれはいったいなにをしたらいいので？」

その言葉で、短いやりとりがふたたび核心問題にもどった。この恐るべき板ばさみから逃れるために、なにがなされるべきか？

「戦わなくては」と、タンワルツェンが思案顔でいう。「われわれ、バーロ人たちが外宇宙へ行ける道を開いて、そのあと、この道をマラガンから……とくにかれの協力者から……守らなければならない。セネカは相いかわらず、マラガンのインパルスにしか反応しないのか？」

「セネカは通常の仕事をしているだけなのだが」と、トマソン。「しかし、すべての重要命令は、事実上マラガンによる許可が必要となっている。かれは生体ポジトロニクスと、共通目的についてとりきめたにちがいない。この共通目的のイメージをじゃまされそうな状況になると、すでに初期段階でセネカから阻止されてしまうのだ」

それに対して、いまのところはなにもできない。司令室の男女は、手を縛られた状態であった。

「ベッチデ人たちから連絡です」

「まわせ」タンワルツェンが指示。

小型スクリーンにスカウティとブレザー・ファドンがうつった。消耗しきっているようだ。だが、いまこの船内で消耗していない者などいるだろうか？

「思いついたのですが……」と、スカウティが切りだした。

「思いつきでは、われわれの役にはたたない」と、トマソンがタンワルツェンの横からいった。「きみたちはどこにいるのかね？」

「バーロ人たちのもとへ向かう接続部分です」と、スカウティ。「ここは、かなり絶望的な状態です」

「なにを思いついたのだ？」

「サーフォのまねをしようかと」と、スカウティ。「わたしたちふたり、この問題についてよく考えました。危険なことだけれど、一か八かリスクを冒す覚悟です。それが、友を救う唯一の方法のように思えるのです」

「却下する」トマソンはきっぱりという。

「サーフォにできることなら、わたしたちにも機能するだろうと……」

「却下だ」トマソンはきびしくいう。「おかしくなるのはひとりで充分だ」

タンワルツェンとトマソンは顔を見あわせた。

状況はナイフの刃の上でバランスをとるごとしである。カタストロフィは避けられまい。それは、スプーディ船の乗員たちである当事者だけの悲運ではない。公国そのものにとっての危険性が、爆発的に上昇するのである。

クランドホルの賢人は、いま自分がどれほどの危機的状態にあるか、わかっているだろうか？

8

ドウク・ラングルは、すくなからず驚いた。周囲の気圧の値いがゼロから上昇しはじめていることを確認したのだ。これはどう考えてもおかしい。真空にする策略は、サーフォ・マラガンが人々に圧力をかける絶好の方法だったはずだ。それを中止するとしたら、理由はふたつしかないだろう。マラガンが降参したか、それともなにかもっと悪質な新しいアイデアがひらめいたか。

これにより、研究者は、便利に使っていたカムフラージュを奪われることになる。ロボットのバリアはクリアした。マシンはかれに向かって襲撃してこなかった。マラガンは手をのばせばとどくほど近くにいるはずだ。しかし、どうしたらそこに到達できるのか。

迷ったときは強行突入だ、と、ドウク・ラングルは考えた。それくらいの力は充分にある。研究者は、がっしりして重量があるだけではなく、並はずれた体力を持っていた。これまで、複数の敵にそれを経験させてきた。

自分でも、充分な力がみなぎっていることを感じていた。ある程度の年数を重ねたいま、かつての研究船《ヒュプファー》の反重力ハチの巣シリンダーには、とっくにたよっていない。船内にある道具でかんたんに製作した即席の反重力発生装置は、研究者の体力を回復させるためには充分なものだった。次の休養プロセスが必要となるまで、ラングルにはまだ時間の余裕があった。

かれは、サーフォ・マラガンを探すという課題に完全に集中することができた。もしかすると、マラガンを説得することも可能かもしれない。

問題は、それがおのれの正体と現在位置を知らせることにもなる点である。マラガンをトリックを使ってだましでもしないかぎり。

周囲はしずかだった。動くものはなにひとつない。

かれは手近なところにあるインターカム装置を探した。そのさい、音声は伝わるが映像はうつらないように工作した。そのあとしばらく、必要なものを探す。一時間のあいだに、高性能の携帯用通信機を二台、見つけだした。到達範囲はかなり制限されるが、マラガンがこの通信回線を監視していないことを願った。

ラングルは通信機二台のスイッチをいれ、そのうち一台の音声装置をインターカムのマイクロフォンの前に立てて、マラガンを呼びだした。

「だれだ？」接続したと思ったらすぐにマラガンが出た。

「きみの友だ」と、ドウク・ラングル。

インターカムは数十秒あるいは数分でマラガンに探知されるかもしれないので、ラングルはそこからはなれた。かれの声は一台の携帯用通信機によって録音され、もう一台の通信機に送信されて、その音響装置から出ている。

ふつうなら、聴覚のいい人であれば、違いには気づくはずだった。このかなり風変りな中継方法では、音のひずみが生じる。訓練した耳であれば、聞きのがすことはない。だが、マラガンの耳はまず聞きとれないだろう。キルクールでは狩りの達人で、数百種類の動物の鳴き声を聞きわけることができたのであったが。

ラングルは、マラガンが自然界の音は正確に聞きわけることができても、技術的な音声はわからないだろうと踏んでいた。中継音のひずみは判別できないはずだ。

「友とはどういう意味だ？　だれがしゃべっているのだ？」

「わたしの声がわからないのか？」

「なんのつもりだ？　わたしにはほかにもっと重要なことが……」

そこでマラガンは言葉につまった。ドウク・ラングルが明るい口笛音を発したのだ。心に芽生えてきたひそかな疑念を確信したマラガンは、つかえながら、

「でも……どうして……」

いまやラングルは疑いの余地なく確信した。マラガンは声の主に気づいたのだ。これ

は研究者の憶測であるが、たぶん、マラガンは目下、心理的にこの問題にかかりっきりになり、ほかのことに集中できなくなっている。

「あなたは……」マラガンはしどろもどろだ。

ドウク・ラングルは心のなかで歓喜した。自分の出現により、マラガンは明らかにはげしい感情的反応を起こしている。もしかすると、この突破口から論証によって踏みこんでいき、平和的な方法で計画を断念させることができるかもしれない。

「わたしだ」ドウク・ラングルは認め、口笛音を発した。

「信じられない」マラガンがそういうのが聞こえた。「山の老人。ここでいったいなにをしているのだ？」

「友を探している」ラングルは答えた。

ラングルはマラガンより頭が柔軟である。ベッチデ人が会話だけに集中しているあいだ、このおたずね者が付近に多数あるキャビンのどこにいるのか、探しだそうとしていた。

「わからないな」と、マラガン。

「わたしは友を思いとどまらせるために呼ばれたのだ。かれは、自分の友たちに多大な被害をあたえようとしている」

それは真っ赤な嘘だ。自分が乗船したとき、マラガンが同乗していたことなどすこしも知らなかった。しかし、この言葉の威力は期待どおりだった。

「だれが被害をあたえると？」マラガンが聞いてきた。その声には衝撃があらわれていた。

「きみだよ」ラングルは短く答えつつ、マラガンのかくれている副制御室への入口を探した。いまのところ、なにも見つからなかった。

「で、わたしがだれに被害をあたえると？　この質問の意味はなんなのだ？」

「きみは賢人を攻撃しようとしているのだろう？」

「それはわたしだけが決断すべきこと。この非常に複雑な問題を考えぬくことができるのは、わたししかいない」

「なにを根拠にそんなあつかましいことを？」ラングルは鋭く返す。「きみがその構造すらつかめないでいる宇宙的関連事項に干渉するとは、なにさまのつもりだ？」

「わたしは四重スプーディ保持者だから」と、マラガン。かれの言葉には、強情さと困窮が混じっている。

「それにより多くが解明されるが、すべてではない」と、ラングル。

研究者は、船のある特定区域には明らかに侵入できないことを確認した。そのルートはかなりひろい空洞の周辺へとつづいているのだが、入口がない。そこが、探している副制御室だろうか？

「きみは、思いあがりで傲慢で勝手だ」ラングルは、思いつくまま辛辣《しんらつ》につづけた。「不遜にも、いままでだれも究明しなかったことを理解するつもりでいる。人々を、とりわけ近しい友たちを、苦しめていることがわからないのか？　この山の老人の命までも、危険にさらしているのだぞ」

「知らなかった……」

「知らなかったにしても、決断をくだしたではないか。きみの思考の建物がいかに不安定な土台の上に建っているか、いいかげんに理解しろ」

「わ、わたしは……」

マラガンは困惑しきっていた。通信の音質はとてもいいとはいえないものだったが、それでもマラガンのよるべなさを聞きとることができた。山の老人の威厳が効果をおよぼしたのだ。

「わたしがきみに忠告できることはな、サーフォ・マラガン。おごりを捨て、自分の知識の限界を認識することだ。きみは、罪をおかしている」

もったいぶった口調だったが、マラガンにはそのような言葉がうけいれやすいだろうと、ドウク・ラングルは考えたのだ。

「たしかに」と、マラガン。「もちろん……」

否定することもできず、逃げ場を失っている。ラングルは思った。はたしてこの男を納得させられるだろうか？

「わたしはこれまでどれほど、きみ自身や、きみの友たちや、種族の相談に乗ってきたか。わが助言は悪いものだったかね？」

「いや」マラガンは小声でいった。「われわれ、あなたに大変感謝している」

「それならば、今回もわたしの助言を聞くのだ、サーフォ・マラガン。ゲームはやめて、おだやかに、武器を捨てて出てこい。われわれ、持てるかぎりの力できみを助けると約束する。わたしがこれまで一度たりとも約束を破ったことがないと知っているだろう」

間があいた。

ドウク・ラングルは根気よく待った。船全体が息をのんで見守っているようすが伝わってくる。

マラガンはついに降伏するのか。かくれ場を明けわたすのだろうか？

「ノーだ」その声はちいさく、ほとんどささやくようだった。

「聞こえないぞ、サーフォ・マラガン。なにがいいたいのだ？」

「ノー！　ノー！　ノーだ！」

そのノーは一回ごとに大きくなっていった。チャンスはついえた。マラガンは洞察にいたることなく、ドウク・ラングルの説得はもうひと息のところで終わった。しかし、そのひと息がおよばなかったことに変わりはない。最後の瞬間に、マラガンを正しい道からひきはなすなにかが起きたのだ。

この問題に関わってきた船内の乗員たちは、よかれと思ってマラガンを説得することが、今後はむだであると悟った。これまで悪ふざけだとマラガンを擁護し、明らかにかれに対して力を持つ者がいたとしても、これで最後のためらいがなくなった。マラガンは、もはや他者の道具となったのだ。

ドウク・ラングルにも、もう迷いはなかった。強硬手段に出るしかないだろう。

＊

タンワルツェンは歯をむきだした。それはマラガンに向けられた憎悪の形相《ぎようそう》だった。

「あいつを屈服させられない」タンワルツェンは苦々しくいう。「ラングルがかれを説得してくれると思ったが、その見こみはなさそうだ。かつて賢人から生じた最大の敵が、船内にいるという感じだ」

トマソンの動作には、疲れはててあきらめたようすがくっきりとあらわれていた。

「かれが船内にはいってきたとき、ただちに拘禁するべきだったのだ」と、クラン人。「そうしていれば、なにも起こらなかった。最大の敵だと、ふん。この状況は、あの男の意志というよりも、われわれの甘さが招いた結果といわざるをえない。もしも、まだマラガンに自分の自由意志があるとするならばな」

「どうしてもわからないのですが」と、ツィア。「スプーディは一匹だと有益なのに、なぜ多くなればあのような害をもたらすのでしょう？」

「薬も過ぎれば毒となる」タンワルツェンは自分の種族に伝わる古代の格言を引用した。トマソンはシートにすわりこんだ。ここのところ、睡眠をとる時間がまったくなかった。屈辱的な敗北の心痛で、肉体疲労がさらに募っている。

「どうしたらいいのか？」

ここ最近というもの、これほど幾度となく船内で発された言葉はなかった。

スプーディ船のなかは通常にもどった。すくなくとも、見かけ上は。乗員たちが行きかい、休息したり、仕事したり、自由な時間をあれこれ楽しんだりしている……

しかし、その光景は欺瞞《ぎまん》だった。《ソル》は巨大な監獄となってしまったのだ。鋼でできた巨大なまるい装甲を、開けることはできない。

「あとどれくらい時間があるのか？」

これも二番めによく出る質問だ。時間が重要なのである。スプーディ船の消息についての照会は、まだない。クランや公国のほかの惑星にいる者はだれひとり、この貴重な船の乗員や採取チームや積み荷がいかなる危険のなかに漂っているのか、知らないのだった。

「二、三時間だ」タンワルツェンがしずかにいう。「ここしばらく、バーロ人たちはほとんど宇宙空間に出ていないから」

「あと、二、三時間」トマソンはくりかえした。

その後、バーロ人たちは無残にも死亡しはじめ、それとともに公国の権力も衰えるだろう。バーロ人がいなければスプーディもなく、スプーディがなければ……トマソンは最後まで考えなかった。

なぜわたしが、という問いが、クラン人の頭のなかでハンマーで打たれるように響く。なぜよりによってわたしが、カタストロフィに襲われた《ソル》の船長なのだ？　この危険を回避できなかったのは、わたしということになるのだ。何十年もたった将来、公爵たちの権力が伝説とメルヘンのなかだけにのこるころ、人はわたしの名前をあげて……ののしるにちがいない。

弱者トマソン、公国の破壊者。カタストロフィの王にして、賢人殺し……かれは失敗し、惑星キルクールの一介の狩人さえうまくあつかえなかった、と。

もしかすると、ののしられるのでなく、ただ嘲笑されるだけかもしれない。しかし、そのほうが、もっと残酷だ。

トマソンはベルトをつかんだ。銃は装塡してある。トマソンが一日のはじまりにかならずする日課のひとつは、銃がきれいな状態であるか、きちんと装塡してあるかを確認することだ。最後にこれを使ってから久しい。

ひょっとすると、いま、また引き金をひくときがきたのかもしれない。もう一方の手で銃を指さし、クラン人の肩に軽く手が置かれた。タンワルツェンだ。

「これはだれの役にもたたない」と、おだやかにいう。

トマソンは、温かいものが自分のなかに湧きあがってくるのを感じた。非常事態のなかで、こともあろうに、ハイ・シデリトとこれほど理解しあえるとは、奇妙なものだ。とはいえ、この場合はいちじるしい誤解にもとづいていた。タンワルツェンは船長が自殺を考えているのではないかと推察したようだが、そうではない。ともかく、タンワルツェンが想像したようなことを、トマソンは考えていなかった。

トマソンは、銃をマラガンに向けようと思っていたのだ。かれを探しだして、戦おうと。場合によっては、討ち死にしてもいい。たとえ敗《やぶ》れても、それは負けではない。

「ラングルからなにか報告は？」

「なにもない」と、タンワルツェン。

カルス・ツェダーがゆっくりと近づいてきた。痩身《そうしん》で肩幅のせまい男は、考えこんでいるふうだった。

「思いついたんだが……」

「さっきから〝思いつく〟という言葉しか聞こえてこないな」と、タンワルツェン。

「ま、気にしなくていい。なにを思いついた？」

「人工の真空をつくるのはどうだろうか？」

タンワルツェンとトマソンは目をあわせた。その考えは悪くない。

「どこにつくったらいいかということも考えたんだが」と、ツェダー。「数時間前にここから空気を供給した空気泡につくろう。同じポンプを逆に作動させればいい」

タンワルツェンとトマソンは、ふたたび目をあわせた。とりわけいいアイデアというわけでもなかった。うまくいくかもしれないし、しくじるかもしれない。しかし、いずれにしても、ためしてみなければならないだろう。

トマソンがツェダーを手招きし、

「わかった」と、ちいさな声でいう。「採取チームがその部屋に集まるように手配してくれ。だが、慎重に進めるのだぞ。マラガンの疑惑を呼びおこしたら、二重三重の罠に落ちてしまうからな」

「それをわたしもちょうどいおうと思っていたところです」ツィア・ブランドストレムが口をはさんできた。「そんなにたくさんの人質を一カ所に公然と集めて、危険はないかしら？　ばらばらに拡散したほうがいいのでは。そうすれば、マラガンもひとりずつしか捕らえられないから」

トマソンは苦笑した。

「マラガンはあれほど多くのロボットを持っているのだよ。かれがわれわれをひとりずつ追跡しようと思えば、いつでもできるのだ」

「なんとなく不思議なのですが、マラガンはどうして、人質を十二人ならばせて、ひとりずつロボットに撃たせるようなことをしないのでしょうか。そんな容赦ないやり方のほうが、要求を押し通すためにはいいと思うのですが」

ツィア・ブランドストレムの意見は正当に聞こえる。しかし、トマソンにはそれに対する答えもあった。

「そのような残酷なやり方だと、マラガンはあらゆる同情を失ってしまうだろう。かれは船上の全員を敵にまわすことになる」

「すでにそうじゃありませんか？」

トマソンは投げすてるしぐさをした。

「スプーディ船を着陸させて賢人自身に問題解決させろ、と、主張する人々も船内にいる。その考えは悪くない。賢人が本当に危機管理アドバイザーよりいくらか有能であれば、窮地を切りぬけられるだろう。なによりも、われわれがとりあえず休息できる。マラガンの命令にまずはしたがい、そのあと早晩、かれの支配からこっそり遠ざかるよう、つとめればいいのだ」

「それでは弱腰のように聞こえます」ツィア・ブランドストレムはきびしくいう。

「だれもが英雄に生まれたわけではない」タンワルツェンが冷静に返す。「船の積み荷や採取チームよりも、あるいは賢人よりも、自分自身がだいじだという人々がいること は、わたしには想像できる」

「マラガンは、意識的にクラン人と技術者を対抗させてもいますね」カルスが指摘する。

「かれの攻撃は優先的にソラナーに向けられています。ほかの乗員グループには故意に手を触れていない」

「われわれのあいだに楔《くさび》を打ちこもうとしているのだ」と、タンワルツェン。「なかなかみごとなやり方だな」

「その尻ぬぐいをするのはわれわれだ」トマソンはそういうと、またシートにもたれた。

このカタストロフィを回避できる方法は、本当にないのか？

数時間、数日、頭を悩ませている。それでもトマソンは、なんの解決策も見いだせないでいた。

9

「もっと早く！」スカウティは急《せ》かした。

悲惨な行軍だった。《ソル》のなかを、足をひきずり歩く人々。スカウティとブレザー・ファドンは、バーロ人たちを集めて新しいかくれ場へと連れていく任務をひきうけたのだった。

時間は迫っている。

バーロ人のなかには、手足を動かすのさえ難儀な老人が大勢いた。子供たちの姿は見かけない。だが、スカウティもすべてのバーロ人を目にしたわけではなかった。もしかすると、べつのグループに青少年がはいっているのかもしれない。

「こっちだ」ブレザー・ファドンが指示する。

かれは老人たちの手助けをしていた。この人々に、公国の禍福がかかっていると知ったことは衝撃的だった。いくつかの奇蹟がたてつづけに起こらなければ、あと二、三世代のあいだに、この宇宙種族は絶滅してしまうだろう。

「いったいどうして、こんなに大変な目にあわなきゃいけないのかね?」老齢の婦人が問う。「どっちにしろ、わたしゃ、もうまにあわないよ」

「そんなことないわ」と、スカウティ。「さ、手伝うから」

ようやくバーロ人たちは、かくれ場に近づいた。数人は、一刻も早く真空にさらさなければいけない状態にある。かくれ場にたどりつくまで、あと一時間以上かかってはならない。

スカウティはファドンに近よって、

「この人たち、どうしてこんなに沈みこんでいるのかしら」と、小声でいう。「助けてあげているのに、心が痛むほどよ」

「わからない」ファドンは答えた。「わかるのはひとつだけ、急がなくてはならないことだ」

それでも、ふたりはバーロ人を過剰に追いたてないようにした。バーロ人たち自身も、できるだけ早く真空の逃げ場に到達しようと、大変な努力をしているのだ。

反重力シャフトの出口にきたとき、問題が降りかかった。ひとりのバーロ人が倒れて動かなくなったのだ。べつのバーロ人が、じっとして動かない仲間の上にかがみこんだ。

「かれを運ばなければ」と、その男はいった。「皮膚がかたくなってきている。すぐにでも真空にいれないと、自分の代謝生成物に毒されて死んでしまう」

「手を貸してくれ!」ファドンはスカウティにいうと、意識を失ったバーロ人をふたりでかかえあげた。

そのバーロ人は年老いていて体重はそれほど重くはない。それでも、そこから先の道程はベッチデ人たちには悪夢のように長く感じられた。一分一秒を争う。しかし、自分たちを信用してついてきているほかの人々を置きざりにして、意識のないバーロ人を安全圏に連れていくために急ぐことは、ふたりにはできなかった。

とうとうバーロ人たちを収容するセクターにたどりつくと、スカウティは安堵のため息をついた。

「ここにおろそう」ファドンが指示した。ふたりは力をあわせてバーロ人を寝台の上に横たえた。

部屋のなかは徐々にバーロ人たちで混みあってきた。かなり窮屈になるだろう。しかし、真空泡が大きくなれば、それだけサーフォに気づかれやすくなる。

「ハッチを閉めろ!」バーロ人たちが用意された場所にはいり、安全が確認されると同時に、ファドンは叫んだ。

ファドンとスカウティはすばやく宇宙服を着用し、タンクの酸素を補給した。

実験は開始可能である。

「空気をぬいていいぞ」ファドンはそういい、またノックで合図する方法をとった。インターカムはいまでもサーフォによって完全にコントロールされているのだ。待機し、コンビネーション計器の気圧計を見た。気圧はさがっている。ファドンは得意げなポーズをした。

ひとりのバーロ人がファドンの腕をつかみ、気を失っている仲間の寝台へとひっぱった。

〝もっと急いでくれ〟と、身ぶりで訴える。〝でないと、死んでしまう〟

ファドンは部屋の空気が吸いとられている場所へ急いでもどり、ノックの合図でそのメッセージを伝えた。

気圧計に目をやる。気圧はさがりつづけている。まにあうか？

うめき声が聞こえた。

ファドンは振り向いた。ひとりのバーロ人が自分の左腕をつかみ、かたく握りしめている。その男の目はパニックにおちいりはじめていることを物語っていた。

「やめて！」スカウティが叫ぶ。彼女はファドンよりも早く状況を把握したのだ。「かれのガラス皮膚の一部が気圧低下に耐えられなくなっているわ」

ファドンは棒立ちになった。視線が寝台へ向かった。あそこにいる人は、まったく逆のことを要請している。

どうしていいのかわからない。もしかしたら、可能性がひとつある……

ファドンは走りだした……つもりだったが、実際はたった二歩しか踏みだせなかった。バーロ人たちのなかをかきわけていかなければならなかったからだ。ガラス人間たちは隙間もないほどひしめきあって立っている。どこかにまだ宇宙服があるはずだ。それをあのバーロ人にわたせば……

棚から宇宙服をひっぱりだすと、つつみをほどき、人ごみをわけいってバーロ人のもとへもどった。

バーロ人のようすは明らかだった。

まにあわなかったのだ。

マラガンの残酷なゲームが最初の犠牲者を出した。気圧低下により、バーロ人は亡《な》くなった。

ファドンは頭を壁に押しつけた。密閉された宇宙服の内側では、外界の騒音は聞こえない。声を出さずに泣いた。怒りと絶望の涙をだれからも見られないように、顔を壁へ向けた。

肩にだれかの手を感じた。振り向くと、横にスカウティが立っていた。ヘルメット・ヴァイザーの奥に、泣き顔が見える。

「どうしたんだ?」ファドンは大きな声を出す。ヘルメットをくっつけたので、音が伝わった。

スカウティは、ファドンといっしょに部屋へ運んできたバーロ人を指さした。すでに死んでいた。かれにとってもまた、救助はまにあわなかったのだ。短い時間のあいだに死者がふたり。これもすべて、サーフォが四重スプーディを保持しているせいなのか？

本当に？

ブレザー・ファドンとスカウティはならんで立ちつくした。バーロ人たちがこちらを見つめている。ふたりには、自分たちのはげしい息づかい以外、なにも聞こえなかった。バーロ人たちはうつろな目をしている。

すると、かれらは内なる命令を聞いたかのようにいっせいにうしろを向き、それ以上ベッチデ人を見ようとはしなかった。

ファドンは息をのんだ。これはバーロ人たちの非難の意思表示だ。

かれはこの無言の訴えに対して弁明することができなかった。

船内を好奇心で嗅ぎまわっているあいだ、われわれがサーフォにもうすこし注意をはらってさえいれば……ファドンはずいぶん前から自己批判をくりかえしていた。だが、後悔してもしかたないし、それによって結果を変えることもできない。

そもそも、人になにか変えられるものがあるというのか？

＊

ドウク・ラングルはパラライザーを手にとった。

これからの一瞬が勝負だ。間違っていなければ、いま目の前にあるドアは、外からは開けられない。したがって、ここは手荒い方法で道を切り開かなければならない。

この鋼のドアのうしろに副制御室があるはず。サーフォ・マラガンがその場所から周囲に圧力をかけているのだ。すでに死者がふたり出ていることを、ラングルは知らない。知ったところで、かれの計画にたいした変化はないだろう。

それほど時間はなかった。強行突破した瞬間から、マラガンに襲いかかって打ち負かすまで、数秒あるいはその数分の一の猶予しかないかもしれない。

スタートで失敗すれば、自分が生きのびられるか否かは、マラガンの予測のつかない気まぐれにかかることになる。

ラングルはビームを発射した。

錠はすぐに焼き切れ、体あたりをすると、ドアがかんたんにはずれた。その向こうには通廊がのびていて、ロボット一体が立っている。

そのマシンは、明らかにテルムの女帝の研究者についてプログラミングされていなかったらしく、ラングルがさらなるビームを見舞って無力化するまで、ただ立ちつくしているだけだった。

ラングルは通廊にそってさらに進んだ。ふたつめのドアが道を阻む。研究者はかまわず、体あたりをした。すると、それはたいして強固な障害物でもないことがわかった。

ドアがすさまじい音をたてて壊れる。

ラングルは敵の姿を見た。

マラガンがドアに背を向け、シートにすわっている。衝撃音が聞こえていたはずだ。頭がこちらを向く。ラングルの視野に、目を見開いて混乱したようなマラガンの顔が飛びこんできた。

ラングルはパラライザーの照準をマラガンにあわせた。

撃つ必要に迫られる前に、ラングルはマラガンに立ちあがるように要求した。

ベッチデ人がこちらを見る。その目は、洞穴から出たいといっているようだ。

そのとき、強烈なうなり声が響いた。セネカ＝マラガン連合が危険を認識したのだ。

「降参しろ！」ラングルは叫ぶ。

サーフォ・マラガンはかまわずに、たいそうゆっくりと立ちあがった……いずれにしても、そういうふうに見えた。その右手がラングルの視野にはいる。

ラングルは悟った。戦いはもはや回避できないと。

発射ボタンを押した。

その瞬間、ラングルは、武器が役にたたないことに気づいた。ビームはマラガンにあたりはしたが、パラライザーの威力は、四重スプーディによって精神力を強化された男を倒すには不充分であった。

マラガンの手が高くあがった。

ラングルは、ビームが自分にあたるのを感じた。痛みがはしるが、研究者のほうも倒れることはなかった。

ラングルはわきへ跳んだ。

ジャンプするあいだに、銃を交換する。そのとき、背後にロボットがあらわれた。危険がさしせまっている。ラングルは武器をロボットに向けた。マシンは煙をあげながら床に転がった。

マラガンはラングルとのあいだにエネルギー壁を構築。ラングルはその上に集中射撃を見舞ったが、崩すことはできなかった。

ふたたびべつのロボットがあらわれた。

ラングルはマラガンのパラライザー攻撃をかわしながら、このマシンも倒した。ロボットの頭部が破壊され、スプリッター爆弾が炸裂する。モニターは爆発し、火災が起き、煙がたちこめた。

　このような混乱のなかでは、敵か味方かの区別がつきにくくなる。マラガンはとりつかれたように、手あたりしだいに撃ちまくった。ビームはロボットや設備にあたったが、幸運にも山の老人にはあたりはしなかった。ラングルは、猛烈に攻めてくるロボットたちをよせつけないように苦心していた。

　ラングルも撃ちつづけた。ロボットに命中しなくとも、できるだけ大きな損害をあたえようと思ったのだ。マラガンが副制御室を使えなくなるほど破壊すれば充分だろう。

　マラガンが金切り声で叫んでいる。そのようすは、まるで正気を失ったかのようだ。

　ラングルのビームが偶然、ロボットのエネルギー弾倉に命中して爆発、その火災旋風が室内を荒れ狂う。設備の損害はますます大きくなった。

　ラングルは掩体《えんたい》を出て、べつの場所を探した。そこに、マラガンからの一発が命中。二度めの痛みで、ラングルのからだはほとんど硬直した。しかし、この二発めも、テルムの女帝の研究者を完全に麻痺させるにはいたらなかった。

　ラングルがはなった一発が、床の上で赤熱《せきねつ》のシュプールを描いた。コーティングが溶け、黒煙の雲がたちのぼる。視界が悪くなり、肺が苦しくなった。

　ラングルはみずからを真空に適した状態に変化させた。でなければ、ここ副制御室で発生した殺人的なガス混合物には、とても耐えられるものではない。空調装置がフル稼動してガスを処理していたが、ラングルのさらなる発砲で自動制御のスプリンクラーが溶け崩れるにいたって、ついに音《ね》をあげた。

ラングルはマラガンが咳《せ》きこんでいるのを聞いた。

研究者には勝利の予感がした。たぶん、やりとげられる。マラガンをこの空間から撤退させることができれば、かなり有利になる。

ラングルは念のため携行してきたテルミット爆弾を手にとった。

これは正気の沙汰ではない。爆発で生じる灼熱地獄から脱出することは、ほとんど不可能だ。

ラングルが投げた爆弾は、マラガンのはったバリア・フィールドにはねかえされ、空中を飛んでラングルの近くに落ちた。

それを遠くへ投げるために、研究者には一秒弱の余裕しかなかったが、それだけの時間で充分だった。

大きく振りかぶってテルミット爆弾をほうりなげる。副制御室の後方に落ちた。そこで爆発し、あたりはまぶしい強烈な白い光につつまれた。

ふたたびマラガンが金切り声をあげる。ダメージをうけたにちがいない。しかし、ベッチデ人はまだ敗北を認めたわけではなかった。

ロボット二体が同時に室内に突入してきた。たがいにじゃましあっているあいだに、ラングルがそれらを破壊する。残骸が宙を舞った。

なにか熱いものが横をかすめていったようだった。そのとたん、すさまじい痛みがラングルのからだにはしる。

パラライザーが手から落ちた。

なんとかして窮地を脱しなくては。この副制御室はもう使いものにならない。つまり、この場所からセネカはもうなんの干渉もうけないのである。

ドウク・ラングルは満足だった。マラガンとセネカを分断することができたのだ。あとは、マラガンが正気にもどるか、セネカがふたたびまともになるかである。

だが、退路を断たれた。ロボット数体がラングルを待ちかまえている。

通廊に立つと、抵抗がもはやなんの意味もないことを悟った。この多勢が相手では、さすがのラングルも打ち勝つことはできない。

研究者はあたりを見まわした。

副制御室では強烈な炎が荒れ狂っている。燃えさかる嵐のなかから、ひとつの人影がよろめきながら出てきた。それは最初、炎を背にした黒いシルエットでしかなかった。その影がサーフォ・マラガンであることは想像にかたくない。影の右手にパラライザーの輪郭が見える。

ラングルの身がほんのすこしこわばった。かれは無念な思いで口笛音を発した。

マラガンのパラライザーがラングルに向けられた。

そして、発射されたのである。

10

サーフォ・マラガンは大きくよろめいた。

目の前には、だらりとした研究者のからだが横たわっている。かつて山の老人と讃《たた》えられた存在だ。あれはいつのことだったろう？　マラガンにはもう思いだせなかった。からだのなかを、鈍い痛みが駆けめぐっている。マラガンは恐ろしく空虚な感覚にとらわれていた。なにかがたりない……しかし、それがなんなのか表現できない。

ロボット二体が横にあらわれ、かれにそっと触れて支えた。

「セネカ！」マラガンはつぶやいた。

一刻も早くふたたびポジトロニクスとコンタクトしなければならない。それがなによりも重要なことだった。生体ポジトロニクスも、明らかに共同作業を望んでいる。でなければ、マラガンを救助し安全な場所へ連れていくために、ロボットを派遣したりしないだろう。

「司令室に運べ！」マラガンは震える手で研究者を指さし、命令した。

自分はなにをしたんだ？

記憶にこれほどの障害さえなければ。マラガンはロボット二体に優しく導かれながら、ここ数日間、この数時間の出来ごとを思いだした。

自分がエネルギー弾倉の半分を向けたのは、本当に山の老人だったのか？　わたしが山の老人を殺したのか？　なぜ？

自分の周囲すなわちスプーディ船で起こったことが、よく把握できない。まして、自分がそれにどれほど関与したかについては、まったくわかっていなかった。

マラガンはため息をついた。

間違いをおかしてしまったという、おぼろげな感覚がある。どこかに計算違いがあったのだ……しかし、どの点を誤ったのかは、いうことができなかった。それが重要なことであるのは明白なのに、いつどこでなにがあったのか……

思考は堂々めぐりするばかりだ。

マラガンは、自分がどうやって反重力シャフトにはいったのか、どのようにして通廊を通ったのか、なんの自覚もなかった。

痛みだけがのこっている。

戦いで負ったちいさな傷に由来する外的な痛みと、かなり前から苦しめられている鈍い不快感。

なにかが基本的に違っている。どこかに根本的な誤りがある。しかし、その誤りに近づけないでいる。それはなんとも屈辱的な気分だった。

明らかに打撃がひどすぎて、役にたちそうな内省ができない。もはや慎重に考えることなどできなかった。自分と自分の思考のあいだにガラスの壁がたちはだかっているかのようである。ぼんやりとした輪郭は見えるが、それがなんなのか判別はつかなかった。

「わたしをどこへ連れていくのか？」導いているロボットにきいた。

答えは返ってこない。

どこに過ちがあったのか？　どんな過ちだったのか？　疑問がぐるぐるとまわる。水を満たした浴槽に沈んだ石鹸を必死に追っているようなイメージだ。ぬめる石鹸の存在は感じられるが、つかもうとすると、つるりと逃げてしまう。

マラガンのかかえる問題もこれと似ていた。問題に近づいているし、察知してもいる。でも、文字どおり、つかめないのだ。

かれの頭は冷静さを少々とりもどした。周囲の静寂がいい影響をあたえている。

思考の流れがゆるやかになった。ロボットが注射した薬のせいだろうか？　こちらがもとめてもいないのに？

マラガンは目をしばたたかせた。

これでは、セネカと自分の関係は健全といえない。わたしの許可なしになんらかの薬物を投与するとは、生体ポジトロニクスはなにを考えているのか。

セネカは、もしや……ああ、そんなばかな。この船を制御下においているのは、最初にして唯一の四重スプーディ保持者であるサーフォ・マラガンではないか。

マラガンは忍び笑いをした。

こんな船を支配するなんて、最高の気分だ。バーロ人を殺すと脅したときの、クラン人たちの顔といったら。それこそ至上の快楽である。

それは、マラガンがこれまで経験したことのないほどの強い感情だった。かすかな痛みが出てきた。

またもや、目の前でドアがひとつ開いた。自分がどこにいるのか、まるで見当がつかない。しかし、従順な奉仕者かつ友であるセネカならもちろん知っているだろう。

いま感じた感情はなんだったのだろう？　マラガンは自分の胸の内に耳を澄ました。

わたしはなにをしたのだ？　バーロ人を殺すと脅した？

でも、なぜ？　かれらがなにかしたのか？

マラガンはすっかり混乱していた。どうして友に、あのような圧力をかけてしまったのか？　自分はたしかに、賢人に関わる計画に携わっているが、それはスカウティとブレザーには関係ないのに。かわいいちいさなスカウティ、彼女はいまどこにいるのだろう？　タンワルツェンとそのほかの人々のことは、どうでもいい。

マラガンはふたたびセネカとコンタクトがとれたことに気づいた。一瞬、温かい感覚があふれる。だが、次の瞬間、それは悪寒《おかん》に変わった。

ここではだれが主人で、だれが下僕だったか？

最後まで考えようとしたが、なにかがじゃまをした。コントロールを失ってしまったのか？　セネカに対してだけではなく、自分自身までも制御できなくなったのか？

ベッチデ人はパニックにおちいった。

マラガンは突然、自分が正気を失いつつあるというたしかな感覚を得た。自分はセネカにだまされ、その目的のために悪用されているのではないか。そんな狂気の疑念がマラガンのなかで渦巻く。

惑星キルクールの狩人、サーフォ・マラガンは、まだ意識ある理性の末端で理解したのだ。自分が生体ポジトロニクスの奴隷になっているという推測が正しいことを。この極悪ポジトロニクスは、このようなチャンスがめぐってくるのをひたすら待っていたのである。

マラガンは最後の力を振りしぼって、コンタクトの再開に抵抗したが、むだであった。戦いははじまる前に、すでに終わっていた。

セネカ＝マラガン連合がふたたび作動した。

「ロボット部隊が進んできます！」

＊

《ソル》の司令室では凶報がたまっていた。マラガンが四重スプーディに殺される前に発狂してしまったのは、ほぼ決定的だ。

「ロボットは真空ポンプを攻撃しました」スカウティがインターカムで報告。「でも、なんとかぶじです。それ以外に損害はありませんが、状況は大変悪いです。バーロ人たち、あと一、二時間以上は待てないでしょう」

「わかった」と、トマソン。

トマソンはスカウティよりもっと悲観的な判断をしていた。彼女はバーロ人の身体状況からの見地であったが、トマソンは精神的な状況からも計算したのだ。

バーロ人たちは絶望している。かつての楽観主義は影もかたちもない。かれらの意識のなかで、自分たちは前途ある霊長類の新分派ではなく、絶滅しかけた末裔《まつえい》種族であるという考えが、深く根をおろしていた。バーロ人が存在したこの数百年には意味がないと考えている。それが数千年だとしても、変わらない。種族の発展というのは百万年単位ではかるもので、永遠における一瞬に意味はないからだ。

バーロ人たちは実際のところ、自分たちが絶滅するのを待っているのではないか。トマソンは何度かそう感じたことがある。かれらも、公国のために重要な存在でありたいと願ってはいるのだが。

歴史上のある時代、多くの種族や部族において、種としての誇りは個人に帰するものではないとされてきた。賞讃に値いするものを持たない個々の者は、数十万の同胞と共有している種族としての特質を自慢の種にするのがつねであった。このような精神的基盤の上に、種族の誇りやナショナリズムは育ち、また恐ろしい弊害も喚起してきたのである。トマソンがクラン人であることの重要性は、はかりしれない。かといって、ほかの種族を、クラン人ではないという理由で見くだしていいという権利はない。最大の弊害は、このような精神のありようが、往々にして奇怪な自然哲学論にかたむくことである……たとえ邪悪なものではないにしても。個人間あるいは種族間に、持って生まれた価値の違いがあるとする考え方だ。

バーロ人たちはそのような考え方からは遠く隔たっている。しかし、種族は今後もう発展しようがないという、恐ろしい見識からぬけだせないのだ。自分たちの存在は進化上の戯《たわむ》れにすぎず、ある種の自然の気まぐれ、というような感覚に苦しんでいる。こうした感覚に自尊心を傷つけられ、かれらの理性もまた、進化の楽しみなどなにもない、と、明確に告げているのだろう……

そのとき、ロボット部隊が司令室に担架《たんか》を運んできた。担架の上にいるのは……

「ラングル!」タンワルツェンが声を押しだした。

研究者は外見は無傷に見えたが、動かなかった。

タンワルツェンは急いで駆けより、研究者のからだに手をのばした。

「まだ息があるようだ」タンワルツェンは、ゆっくりと近づいてきたトマソンに告げる。

「ようだ、とは?」

「わたしはこのような生物のことをよく知らないもので」と、タンワルツェン。「なんとなく、そのような印象を持ったのだが……」

なんとなく、たぶん……ここのところ、このような曖昧《あいまい》な表現ばかりを耳にする。断言せず、事態は不明確。すべては流れしだいで、コントロールできない。

「キャビンへ連れていくのだ」トマソンは指示した。「おまえたちの一体はかれのもとにのこり、目ざめたら手助けしてやるように」

ロボットたちは司令室から出ていった。

「マラガンかほかのだれかが、パラライザーの全エネルギーを発射したらしいな」

「だとしたら、ラングルは確実に死にます」と、ツィア・ブランドストレムは愕然としていう。

「でも、あの生物なら死なないかもしれない」カルス・ツェダーが口をはさむ。「なにしろ、真空のなかでも生きられるくらいだから」

「最善を祈る」トマソンはそんな常套句以外にいうことがないので、苦々しげだ。

バーロ人たちはどうなったのだろう？　トマソンは、いくらあれこれ考えても、この疑問への答えを見つけられなかった。

「こちら、マラガンだ！」

その声は明確でしっかりした調子だった。明らかに、マラガンは研究者の攻撃をかすり傷ひとつ負わずにもちこたえていたのだ。興奮さえしていないようだ。

「なんだ？」と、トマソンが答える。

「バーロ人たちは、そうしたければ、ふたたび宇宙空間へ出てもよろしい」

トマソンはからだをはげしく動かした。

またなにか卑劣なことを？　マラガンからは、いい知らせを期待できるわけがない、ぜったいに。この見せかけの寛大さには、なんの意味があるのだろう？

トマソンはタンワルツェンに身ぶりで、自分のほうへくるようにと伝えた。

「それがなにを意味しているのか、チェックしてくれ」と、ささやいて指示した。

「ところで、わたしは、ものごとを徹底的にやることにした」マラガンの声が響きわたった。

沈黙が《ソル》の司令室にひろがった。緊張に心が押しつぶされそうだ。ここしばらくの出来ごとを見れば、マラガンの驚くべき余裕のある言葉は、さらに凶悪な災いを予告するかのようだった。これ以上の災いがあるとすればということだが。

「船長と乗員たちに十日間の猶予をやろう」マラガンの声が告げる。「この船がそのあいだにクランに到着しない場合は、積み荷と搭乗者もろとも破壊する」

そういうと、マラガンの声はいっさい聞こえなくなった。接続が切れたのだ。

そのかわり、捜索部隊の指揮官が連絡してきた。

「船長、副制御室を発見しました」と、息せき切って報告。

「それで？」

「室内は潰滅状態です。たったいま、火災を消しとめたところです」

「マラガンはどこだ？」

「跡形もなく消えています」クラン人は答えた。

トマソンはため息をついた。かくれんぼはまだ終わっていなかったのだ。これから十日のあいだに、マラガンを探しあて、無害化しなければならない。

タンワルツェンがもどってきた。

「なにも異状はない」と、神経質にいう。「テストをしてみたのだが、マラガンは本当にバーロ人たちのために道をあけた」

「搭載艇でか？」

「まさか」タンワルツェンは手を振って否定し、「マラガンはそんなばかではない。この戦いを、われわれだけの手にゆだねたのだ」

カルスが近づいてきて、

「ラングルはゆっくりと回復しています」と、報告。「信じられないほど強靭《きょうじん》な肉体の持ち主ですな。まさに驚異的です」

すくなくとも、いいニュースだ。トマソンはそう思った。このよろこばしい驚きの知らせを信用したわけではなかったが。

「死者の葬儀準備をするように」と、トマソンは指示した。またひとつ、悲しい義務を履行しなければならない。

「そのほかには？」

トマソンは腕をひろげ、

「なにをしたらいいだろう？」

「ひとつ、方法があるわ」明るい声がした。

トマソンは即座にそれがだれだかわかった。女ベッチデ人だ。

スカウティが急いで前に出てきた。隣りにいるのは、ブレザー・ファドンである。

「わたしたちの提案に変わりはありません」スカウティは迫った。

「そして、わたしの却下にも変わりはない」と、トマソンも譲らない。「あのような類いの者は、ひとりいればわれわれには充分だ」

「質問ですが、サーフォは脅しを実行して、賢人を攻撃できるでしょうか？」

トマソンはファドンを見た。

「賢人は水宮殿《みずきゆうでん》にいる」かれはおさえた声でいう。「そこがどんなところなのか、わたしは知らない。公爵たちと賢人の従者のみが立ちいりを許されているのだ。しかし、この船は適切な誘導があれば宇宙空間から惑星へ、さらに水宮殿へ充分に接近できるから、そのような計画を遂行するのは可能だ」

「つまり、賢人は極度の危険に瀕しているというわけですね？」

「あの男を排除することに失敗したら……そうなる」トマソンは率直に答えた。

「それで、もし失敗したら？」

「この船は破壊されるだろう」と、トマソン。

「だれによって？」

「マラガンか、それともわれわれだ」と、トマソン。

「どちらにしても、わたしたちふたりにかかっているのでしょう？」この質問はスカウティから出た。

トマソンは非難するように、きびしくいった。

「全員の命にかかっている。われわれの任務は命を救うことで、破壊することではない」

「だからこそ、やってみるべきなんです」と、スカウティ。「ブレザーとわたしが」

「どうして、われわれなんだ？」ファドンがきいた。

「いわれているとおりなら……これまで疑う機会はなかったけど……四重スプーディを保持するクラン人は生きのびられない、ということでしたね」

「だれも生きのびられない」と、トマソン。

「でも、サーフォにはできています」スカウティが解説する。「わたしたちだって、すくなくともサーフォと同じくらいは耐えられると思うの」

　トマソンはかぶりを振った。

「あるいは」かれは短くいった。

「わたしたちもサーフォの思考世界に身をおいたら、かれと互角に戦えるんじゃないかって」スカウティはつづける。「現在サーフォの考えを決定している重要ファクターを再構築してみないかぎり、かれがなにを考え、知覚し、感じているのか、けっして知りえないと思うの」

　タンワルツェンはスカウティを悲しそうに見た。

「それは確実にきみたちの死を意味するのだよ。わたしを信じなさい」

「信じています。一部分だけ」と、スカウティ。「ブレザー、こんどはあなたの番よ」

　ファドンはにやりと笑って、

「わたしもこのテーマについてひと言話していいとは、ご親切に」と、冷静にいう。

「わが意見を申しあげましょう。第一に、スカウティは正しい。第二に、われわれがスプーディを二度ととりのぞけないわけではない。第三に、船が破壊されれば、われわれも死刑宣告をうける。それがだれによるのかは、たいして問題ではない。第四に、サーフォを探しだして追いつめた場合、われわれがまったくふつうの戦闘行為で命を落とすことだってありうる……スプーディが複数あってもなくても」

トマソンは沈黙した。

決断はむずかしいものだった。ここでもいろいろな利害関係を考慮しなければならなかった。

スカウティが述べたことは……なかでも、彼女の話す態度は……トマソンの気にいった。思考過程も論理的である。反面、これまでのすべての経験から、こうした実験には反対だ。それ相当の理由なしに、公国で二重スプーディ保持が禁じられているわけではない。

しかし、と、船長は心のなかで考える。いまは通常の手段で乗りきれる状況なのだろうか？　そうでないなら、より重要な理由から現行の規則を破るのも、やむをえないのではなかろうか？

トマソンは決断した。

ベッチデ人たちは、大きな対価をはらうことになろう。これは避けられない。この冒険的実験が成功しても失敗しても、トマソンはいかなるときも、公爵たちの正義のためにたちむかう覚悟であった。正当だと考える目的を達成するため、故意に、完全に意識的に法をおかすのだ。それ以外の道が見つからないのだから。とはいえ、トマソンは、現行法の有効性が一般的に制限をうけないことも認めている。実験が成功したあかつきには、裁判官の前に出頭するつもりだ。

「よかろう」トマソンはいった。「きみたちの正しいと思うことをやりなさい」

カルスは片手を口に押しあて、

「とんでもないことになったぞ」と、漏らした。

スカウティはなんでもないといいたげに、

「じゃ、行きましょう」と、いった。

トマソンは女ベッチデ人のあとにつづいた。スプーディ船の船長の足どりは重かった。スプーディの保管場所はすぐに見つかった。トマソンは震える手で特殊容器を開けた。その下に、バーロ人の採取したスプーディがあらわれた。

「ほら」と、スカウティ。「とって!」

彼女はスプーディのなかから三匹をつかみだして、ブレザー・ファドンにわたし、なんの躊躇もなく、もうひとつかみを自分の頭にいれた。

この過程は、ほんの短い瞬間の出来ごとだった。典型的な一体化衝動によって、スプーディはすぐによりあつまり、結合が完了した。

ベッチデ人たちはたがいに見つめあい、ほほえんでいる。

いまのところはまだ。

クランの裏切り者

ハンス・クナイフェル

登場人物

グー
カルヌウム
ツァペルロウ
……………………クラン人。クランドホルの公爵

アルジャカ……………………クラン人。第一艦隊ネストの指揮官

チルヤク……………………同。第一艦隊ネストの保安担当

シェレ・タク……………………ターツ。チルヤクの助手

ムシカ
ニャウゴン
……………………アイ人。第一艦隊ネストのプログラミング要員

賢人……………………三公爵の助言者

1

「警戒！　出力低下！」スピーカーから音声が聞こえた。

耳をつんざくような警報がシャフトと組立作業室に鳴りひびく。強力な投光器の光が、しばし明滅した。大型クランプがゆるんで落ち、爆発のような衝撃音とともに粉々になり、破片が飛び散る。機械部品の角ばったブロックが収納装置から脱落して、空中で一回転し、組立用シャフトにつっこんだ。警報のトーンが一オクターブあがる。シャフト付近にいたクラン人とターツは、悲鳴をあげてわきへ跳びのいた。

機械部品は砲弾のように落ちていき、ネストの数デッキと最下階にある格納庫をつなぐシャフトの壁にあたり、ふたたびはねかえされて、壁の反対側にならんだ照明器具を打ち砕いた。シャフトのなかのはげしい打撃音と轟音《ごうおん》が、ネストの通廊や作業場を通じてこだまする。エネルギー誘導システムは断裂し、火花があらゆる方向へ飛び、剥がれたプレートが宇宙に雨あられと降ってきた。

隕石のようなブロックは、二隻のあいだを抜け、最下階デッキの床に穴をあけた。最後の一撃が、全構造体を揺り動かすほどの鈍い地響きを生む。警報は鳴りやんだ。

それと同時に、第一艦隊ネスト指揮官アルジャカの執務室にあるモニターの画面が明るくなった。

ネスト・コンピュータの音声が響く。まだ万全の状態ではないことがわかる。

「エネルギー制御が一時的に故障しました。自動エレメントが機能不全です」

「またか」女指揮官は不機嫌にいう。「ネストのほとんどの設備が老朽化しているということ」

コンピュータはその申したてにはなにもいわず、該当部署の修理部隊に緊急呼集をかけた。

第一艦隊ネスト指揮官は、不満そうに鉤爪をのばすと、クッションに身を投げた。ほぼ六千五百名の要員をかかえるこのネストは、クラン人が建造し軌道に乗せたなかで、最古のものである。惑星クランの上空二千百五十キロメートルの地点にとどまっているが、古くなって故障が起きやすく、つねに修理が必要だ。全面的にオーヴァホールしないかぎり、つねにそのような故障が起こってくるだろう。アルジャカは鋭い鉤爪で通信ボタンを押した。はげしいどなり声が、荒れはてた反重力シャフト周辺の倉庫や作業場に響きわたる。

「こちら、ネスト指揮官アルジャカ。まだ第二十七格納庫からなんの報告もないが、負傷者は出たのか？　死者は？　物的損害は？」

べつのモニターが明るくなり、不機嫌な目つきをした一クラン人がうつった。アルジャカを見るかれのたてがみは、怒りか興奮で逆立っている。

「まただ！　機械部品が船二隻のすぐ横に落ちてきた。故郷星系艦隊の宇宙艦にとり、出動中よりもネストにいるときのほうが危険だとマルリンク艦長が知ったら、怒り狂うだろう」

「マルリンク艦長は、自分たちのロボットを使ってネストの修理を手伝ってくれてもいいではないか」女クラン人はだみ声でいう。「それに、あなたも！」

「そんな時間はない」第一艦隊旗艦の副長であるヴィラコポスは答えた。「わたしは公爵の歓迎準備で忙しいので」

「けっこうな口実だ！」アルジャカは指摘した。

「口実ではない。あなただって、お偉方の訪問のことは知っているだろう。ま、それがどういう意味なのかは、だれも知らないがね」

「賢人の決定は賢明なもので、議論の余地はなかった。いずれにしても、いままでは」

「だからこそ、あなたにはこのセクターができるだけ早く原状復帰するよう、がんばってもらわないと」旗艦の副長は答えた。「故障が起きた格納庫に修理要員を数名送ろう」

「宇宙の光よ！」アルジャカが叫んだ。「公爵より寛大なはからいだ！」

「義務以上のことはしていない」

第一艦隊ネストは、クラン人の故郷星系を防衛する無数の艦船の拠点であった。この、全デッキの設備が老朽化したおんぼろネストのことを考えると、指揮官アルジャカはいつもノスタルジックな哀愁をおぼえる。ネスト全体を新しく建造しなおし、ふたたび軌道に乗せるのが最善だとは思うが、古い構造体はいまでも機能しているのだ。ただ、驚いたのは、グー、カルヌウム、ツァペルロウの三公爵が突然にネストへの来訪を予告したことである。

アルジャカは現実に即して考えることにした。クランドホル星系第四惑星の上空にある、おそろしく古い基地に、期待される完璧さがととのっていなくても、ツァペルロウ公爵なら充分な理解をしめしてくれるだろう。心のなかで、そう自分にいいきかせた。

2

公爵ツァペルロウは、公爵たちの居所であるテルトラスに住んではいるが、けっして自分の能力以上のことをしようとはしなかった。

かれの朴訥《ぼくとつ》さは故意的なものではない。それ以外にありようがなく、ほかのやり方だと、どうもぐあいが悪いのだ。公爵ルゴの三四三年が終わるきょうまで、そのまじめさが人生を決めてきた。

ツァペルロウは大きな片手を目の前にのばした。しばらく躊躇《ちゅうちょ》したあげく、デスクに置かれた、手ほどの大きさの平たい器具についているボタンを押した。

「われわれがやきもきしているのも、もっともだろう」と、身長ほぼ三メートルある動きの緩慢なクラン人はいう。「スプーディ船を待っているのに、到着がずいぶん遅れている。なにが船をひきとめているのか、あるいはなにか災難が降りかかっているのか、わたしはなんの情報も得ていないのだ」

ツァペルロウは息を大きく吸うと、黄色い目を巨大な窓ガラスの向こうに見える景色へと向けた。いまはひとりきりだった。このような状況をかれはだいじにしている。静寂のなか、なにもじゃまされることなく仕事ができるから。賢人の巨大な支配地域のなかでは知られていなかったが、公国内が申しぶんなく機能しているのは、かなりの部分がツァペルロウの誠実さに負っているのである。かれはけっして、幅ひろい観衆から熱狂されるりっぱで派手な公爵ではないが、日常のルーチン作業に熱心にいそしんでいる。そのさい、さまざまな考えを私的な日誌に記録していた。

「本日、賢人がわれわれに命ずることには、第一艦隊ネストを訪ね、そこで待てと。なんのために？　なにを待つのだ？　グーにもカルヌウムにも、わたしにもわからない。われわれ、なんの理由も告げられていない。このような事態は、スプーディ船の不着と同じく不安をもたらす。ともあれ、賢人によると、われわれがネストへ行くのは船の不着と関係があるらしい」

ツァペルロウは、小型日誌レコーダーを鋭い鉤爪で軽く押してスイッチを切った。立ちあがり、パノラマ窓の前をおちつきなく行ったりきたりして、ここからは見えない水《みず》宮殿《きゅうでん》のある方向を黙ったまま眺めた。意識的に簡素な宙航士の制服に身をつつんだツァペルロウは、がっしりしたクラン人で、そのたてがみは相応の年齢をあらわしている。かれは最後に次のような言葉を発し、クランと賢人に対する自分の態度を明確にあらわした。

「だれも賢人を疑う理由はない！」

宇宙艇が待機している。すぐにシグナルが発せられ、公爵グーが出発したのだとわかった。賢人の要請を聞いた直後、公爵たちは手短かに話しあったが、だれもが唖然として動揺したもの。賢人の従者に折りかえし返事をしたさいも、なんの説明もなかった。公爵グーは全廷臣を巨大ピラミッドにのこしている。ツァペルロウとカルヌウムも単独でネストへ飛ぶことになろう。ツァペルロウはかばんにいくつかの書類をいれた。待ち時間を有意義に使えば、のこっている仕事をかたづけられるだろう。出入口のヴィデオカムのスイッチをいれ、

「準備は万端か？」と、きいた。「いまから行く」

テルトラスの複雑な管理部内では、なんの議論も起こらなかった。クラン人とその補助種族の個人的利害は賢人の支配下にあるからである。ツァペルロウは宇宙艇の影を見て、自分の個人用グライダーだとわかった。クラン人パイロットが乗っている。

「あなただけをお待ちしていましたが、カルヌウム公爵もいっしょですか？」

「いや」ツァペルロウはかすれ声で答えた。「かれは自分の機を使う」

パイロットはうなずいた。かれはツァペルロウを尊敬している。大仰《おおぎょう》でない敬虔《けいけん》さや、かならず義務を遂行する実直な態度が好きだった。寡黙なクラン人公爵はグライダーでノースタウンまで送ってもらい、待機していた軌道艇に乗りこむと、第一艦隊ネストま

で二千百五十キロメートルの距離を飛行した。

だれもツァペルロウの考えていることを知らない。

じつのところ、ものしずかなクラン人の胸の内は、深い憂慮でいっぱいだった。

＊

公国と賢人のやり方に対して、ほとんどのクラン人は堅固な忠誠心を持っている。兄弟団のメンバーは例外だが。

グー、カルヌウム、ツァペルロウの三公爵も、自分たちの役割は支配することではなく、管理することだと考えている。クラン人は政治的問題とは無縁だ。種族の共通目標は公国の領土拡大と、その所有の確立である。これは明確な目的であり、宙航士であれ惑星を一度も出たことのない者であれ、どのクラン人も進んでこの方針にしたがってきた。賢人の指令は今日《こんにち》まで、すべて信頼でき、たしかで、未来を教示するものであった。

ツァペルロウは、ほかの二公爵と同様、いつでも水宮殿の内部へ立ちいることができた。もっとも奥の部屋でさえ、閉ざされてはいなかった。しかし、これまで賢人の姿を見ることは、ただの一度も許されなかったのだ。

深く考えると、心のなかにかすかな不快感が芽生えてくる。

よりにもよって異人が……賢人の従者と名のる者たちが、賢人の全幅《ぜんぷく》の信任を占有しているのだから。

それでも公爵たちは賢人を盲目的に信じている。

〝廷臣をともなわず、できるだけ早くネストに到着するように〟という賢人の命令に対し、長々と思案することも疑念を持つこともなく、したがった。軌道に乗るまでの飛行中、ツァペルロウは仕事をしようと思っていたが、思考は逸脱ばかりしていた。

シグナルが光った。ツァペルロウはかばんを閉じ、シートにもたれた。ネストの重力はクランと同じ一・四Gに調整してあるので、違う生存環境にあわせることは考えなくてすむ。小型軌道艇が収容され、気圧調整がととのうと、エアロック・ハッチがスライドして開いた。

ツァペルロウは、肩をあげ、鉤爪をのばし、出ていった。

「ようこそネストへ」女指揮官が挨拶をする。「いつもの執務室を用意しておきました」

ふたりはポーズをとった。これは、要職についている地位の高いクラン人のあいだでなされる、挨拶のヴァリエーションだ。

「ごくろう。われわれ三人がここに集まることになるとは、不思議なものだ」ツァペルロウは応じた。

「賢人から通信メッセージがきています。封印されており、三公爵がキャビンに集まってから、人ばらいをして再生するようにとのこと」と、アルジャカがいぶかしげな調子でいう。彼女もまた、この集まりをなにか特別のものと感じていた。「このネストがコンピュータのごとく機能しないことに不満がおありでしょうが、ご理解ください。もうかなり老朽化して、修理が必要なほどの状態なので」

ツァペルロウは軽く了解の意をしめして、

「あちこち修理したいという申請が山ほどきていることは、わたしも承知している。新しい第一艦隊ネストの建造を前向きに検討しよう」

「本当ですか！　このネストは耐用年数を数十年も過ぎております！」

「それ以上に重大なことがあるな」公爵はうなった。

ツァペルロウは四十七年の生涯で、ほんのちいさなことでも正しく解釈できるようになっていた。このネストも、すべてがあるべき姿というわけではない。公爵は自分への過大な敬意をまったく重要視していないのだが、それでも、ここで自分に向けられるのが熱狂的な畏敬の視線だけではないと気づいていた。要員たちのいらだちを感じる。興奮した命令があちこちで飛びかっているし、ターッたちの目に浮かぶ敵意に似たものや、アイ人たちの判読しようのない明滅信号にも、何度か出会った。

「通信メッセージはいつあったのだ？」公爵がきいた。「賢人が話したのか？」

「通信してきたのは賢人の従者です」指揮官は返した。「あなたがこられるすこし前でした。カルヌウム公爵はいつお見えで？」

「待っていればくる」

こうした状況については、責任あるポストについているクラン人のほとんどが同じように感じていた。クラン人でもその補助種族でもない、ほんの少数派である者が賢人と直接やりとりしていることが、気にさわるのだ。

「わかりました」

「このネストになにか、兄弟団の活動に起因していそうな問題はあるかね？」キャビンへつづくハッチの前につくと、公爵はきいた。通廊のこの部分には、ロボットと武装したターツが立っていた。

「いまのところはなにも事件は起きていません。もちろん、ここでも兄弟団の信奉者やメンバーがまったくいないとはいえませんが」

アルジャカの顔には嫌悪の念があらわれていた。黄色い目が、興奮で閉じたり開いたりしている。

「ほかのところと同様、ここでもそうか。いつの日か、われわれは驚かされるだろう」

公爵はそういって、ハッチがスライドして開くまで待った。「わたしのところでは、事件についての報告がどんどん増えているから」

「宇宙の光にかけて」アルジャカはしゃがれ声で約束した。「なにかわかりましたら、容赦なく強硬手段をとります」

「賢人もわれわれを信頼しているだろう」公爵はつぶやき、室内にはいる。うしろで、ほとんど目だたない記号や文字の書かれた金属ハッチが閉まった。

＊

公爵カルヌウム登場のようすは、また全然違っていた。

クラン人の毛皮は宙航士の銀色の制服のように派手な色で、痩《や》せぎすが目だつ。カルヌウムは格納庫を早足で通りすぎた。公爵によると、そこには理性を破壊してしまう殺人放射の罠があるからである。こうした公爵の妙な癖についてはアルジャカも知っていたが、顔をしかめるのさえがまんし、カルヌウムにつきそって、防御された通廊まで行った。

「グー公爵とツァペルロウ公爵があなたをお待ちです」アルジャカはそういって、護衛にわきへしりぞくよう合図した。

「通信メッセージを聞くのを待っているのだろう。それについて、くわしいことを知っているか？」

アルジャカはかぶりを振った。毒舌的な論弁と、かなり先のことまで非常にすばやく思考することで有名なカルヌウムは、手で白いたてがみをかきわけ、いった。

「わたしは最悪の事態を想定している。賢人はわれわれに助けをもとめるのではないだろうか。スプーディ船の遅れは警戒すべきことだ。場合によっては、第一艦隊にとっても」

「まもなくわかるでしょう」と、ネスト指揮官。

ネスト内にはかりしれない動揺がひろがっていることは、アルジャカもとっくに気づいていた。その理由はわからない。しかし、三公爵が随員もなしにこのネストへくるよう賢人に命じられたというニュースだけで、要員の一部は驚いていた。

＊

保安担当である第二調査官チルヤクは腕をのばし、尖った鉤爪をスイッチのくぼみへすべらせた。スクリーンの映像が切りかわる。画面が揺らめき、障害ラインが何度か表示された。いつものことだ。ネストでは通信回線や主要な制御機器も古くなっていて、あぶなげなのである。

チルヤクは背が高く、肩幅のひろいクラン人で、豊かなたてがみの先はかなり白くなっている。かれはまわりの騒ぎの影響をうけないようにしていた。ネストでの任務は、噂にいちいち神経質になっていてはつとまらない。

クラン人、アイ人、リスカー、ボルクスダナー、プロドハイマー＝フェンケン、ターッ、ムスールたちからなる要員六千五百四名のなかでは、つねに干渉や争い、意見の対立が起こりうる理由があった。チルヤクとその部隊は、争いごとがエスカレートしたときだけ介入する。

「ネスト内に変わったことはない」

チルヤクはかすれ声でうなるようにいい、黄色い目をスクリーン上にはしらせた。公爵カルヌウムが執務室にはいったのをたしかめると、モニターのスイッチを切る。一連の可動カメラのコントロール・ランプが消え、ターツ警備隊は緊張を解いた。

「クランドホルの賢人にかけて」と、チルヤクは怪訝《けげん》そうにいう。「ツァペルロウ公爵以外のだれかは、それでも廷臣を連れてくると思ったのだが。もうすこしで千タルデ賭けるところだった」

「もしそうなら、われわれ、おちつかない数日を送っていたことでしょう」と、チルヤクのうしろでデスクについているターツのシェレ・タクがいう。

「そうとも。ただ、それでも厄介ごとは起きる。通常の業務運営にじゃまがはいると、いつもごたごたが起きる」

「そのためにわれわれがいるのです。このネストから厄介ごとをとりのぞくために。ところで、あなたはだれに賭けるつもりでした？」

息を吐く音とともに、調査官の手が空気を切った。それからかれは笑いだした。

「今回、賢人がなんというのか、見てみようじゃないか。わたしにわかることはひとつ。その内容は、これまでのすべてのものとは著しく異なるということだ」

シェレ・タクはトカゲ頭をあげて、大きく息を吐いた。

「その予測には、たいした洞察はありませんね、チルヤク！」

クラン人の黄色い目が、非難するようにターツに向けられた。

3

ゴングの音が響いた。クラン人の耳にとくに心地よい、ある一定の周波で鳴っている。

それと同時に、大きなキャビン三つにそれぞれあるパノラマ・スクリーンに、アルジャカの姿がうつしだされた。鼻は湿っていて、興奮のため、頭部側面の皮膚の色が濃くなっている。これから述べる内容のせいか、荒い声がさらにきびしく響く。表情をおもてに出さないようつとめていたが、鉤爪は緊張で震えていた。

「クランドホルの公爵がた」と、アルジャカ。「宇宙の光にかけて、わたしは自分の義務をはたさなければなりません」

それぞれのひろいキャビンで、公爵たちは頭をあげた。アルジャカの態度は判別しにくかった。それでも公爵たちは、これまでにない重要な知らせが待ちうけているだろう、と、予感していた。

ツァペルロウが口を開く。

「長い前置きはなしだ。さ、なんだね？」

「災《わざわ》いの告知者よ、恐ろしい言葉を述べるがいい」カルヌウムは皮肉をこめていった。スクリーン上でカルヌウムの頭と同じほどの大きさになっているアルジャカの目は、まっすぐにかれに向けられている。

グーは待ちかまえるごとく両手を大きくひろげ、

「賢人は」と、おさえた声でいう。そこでアルジャカは声を押しだした。

「賢人は、通信メッセージの解読を許可しました。賢人の従者たちも、このメッセージをだれが聞いていいか、正確な指図を出しました。クランドホルの公爵がた、まずはキャビンのあいだにある連絡室にお集まりください。ただちに、と、賢人はいっています」

ネストの下にある惑星クランがうつしだされたスクリーンの前をうろうろ歩いていたカルヌウムは、足をとめた。ツァペルロウは黙ったまま立ちあがり、金属ドアへ足を踏み出した。どっしりとした巨大なからだにふさわしい歩き方だ。グーはアルジャカの映像が消えるまで待って、廷臣たちのほうへ振り向こうとし……自分ひとりだと気づいて、いらだった笑いを浮かべた。

そのすぐあと、三人は連絡室に集まった。

スクリーンにはスイッチがはいっているが、まだなにもうつっていない。これまで公国の発展における無数の運命や緊迫の局面に決定をくだしてきた三人は、たがいに短い挨拶をかわした。

「賢人はあらたに胸躍る話を聞かせてくれるのだろう」と、カルヌウム。「思うに、われわれの仕事は今後、多様に展開させていかなければならないからな」

ツァペルロウは沈黙したままシートに腰かけた。

スクリーンには、賢人のシンボルがあらわれた。恒星のマークが散って色とりどりの線になり、〃われらが宇宙の光のために〃というクラン文字になってまたたき、背景から〃賢人〃という字があらわれると、スクリーンは一面まぶしい光で満たされた。

カルヌウムでさえいやみをいうことができないほど敬虔なツァペルロウは、目を閉じ、こうべを垂れた。

全方向スピーカーからスイッチ音がした。

賢人の声である！

公爵たちはもう何度、この異質な合成音声を聞いてきたことだろう。その声は卓越したクランドホル語をしゃべり、繊細なニュアンスも巧みに表現するのである。

「わたしがクラン人の運命に関わってきた古くより」賢人はいわくありげに語りだす。「つねに問題や事件がくりかえし起こってきた。そのたびにすべてのクラン人をはじめ、われらの補助種族たちが忠実につくし、迅速に対応する努力をしてきたから、それらの問題は解決されてきた。

ところが、かなり前、これまでの方法ではかたづけられないほどの疑念が生まれた。それは今日までつづいており、たびかさなる監視によって確定的になった。わたしはこの告発を言葉にすることを長くひきのばしてきたが、とりさげることもできないのだ。この疑いは理由なく湧いたのかもしれない。しかし、それを処理するのは公爵たちである。疑念を払拭《ふっしょく》せよ！　わたしの情報が間違いであり、公爵たちを疑う必要はないということを、証明するのだ。そうなれば、賢人は、この疑惑が間違いであったと公けに認めるであろう……

……疑念を跡形もなく消滅させることができたあかつきには。

その疑念とは、公爵のひとりが裏切り者であるということだ。裏切り者は兄弟団とやらに同調している。かれらに協力さえしているかもしれない」

ツァペルロウは、自分のなかに隠しようがなく凍りつくような驚愕が湧きあがってくるのを感じ、身動きひとつできなかった。賢人の次の言葉を心のなかでくりかえし、その意味を把握しようとする。

「グー、カルヌウム、ツァペルロウ。おまえたちのだれが裏切り者なのか、わたしにはわからない。間接証拠を見れば、だれでもありうるからだ。疑惑は三人に同等にかけられている。裏切り者は大変に巧妙かつ狡猾《こうかつ》に行動している。わたしはきょうまで意図的に沈黙し、疑念を自分のなかにしまっていた。しかし、ある出来ごとが生じたため、このような方法を講じることにしたのだ。

われわれのもとへスプーディを運んでくる船が、もどってこない。これは、国家を脅かす規模の問題である。あの共生体がクランとその発展にどういう意味を持つか、わたしが説明する必要もないだろう」

調査官チルヤクは麻痺したようになった。いま聞いた言葉の意味が、意識のなかでさしく渦巻き、信じることができない。しかし、賢人がつね日ごろ述べることは、いつも事実だ。グー、ツァペルロウ、カルヌウムのいずれかが裏切り者だと！　それは考えられない、ありえない、想像できないことだった。賢人がここで冷淡かつ明白に語ったことについて、チルヤクの理性は、結論をひきだすことも、うけいれることも拒否していた。かれは目をしばたたかせながら、監視モニターを見つめていた。

公爵たちはまったく理解ができないというようすだった。

賢人は話しつづけた。

「水宮殿が襲撃されることも、妨害行為のくわだてが実行されることもないと、わたしは確信を持てなければならない。そういう理由で、三公爵に第一艦隊ネストへきてもらったのだ。公爵たちは、すべてが解明されるまで、ここにとどまってもらう。わたしのとがめが本当だとわかった場合には、クランドホル公国じゅうにその事実を公表する。わたしの根拠ないものであったなら、公爵たちを完全に復権させる。宇宙の光のもとで究極の真実が判明しないかぎり、公爵たちは一歩たりとも惑星に足を踏みいれることはできない。廷臣や協力者たちと連絡をとることもできない。今後の一分一分をわたしは厳重に観察していく。ネストの要員には、裏切り者の正体の割りだしに協力する使命がある。処罰については、わたしとわが助力者たちの責任で実行する」

最後の言葉は室内にこだまするようだった。画面にまばゆい光がうつり、賢人のシンボルがゆっくりと消えていった。

カルヌウムは腕をあげ、鉤爪の手のなかに頭をうずめた。沈黙し、ほかの者と同じように愕然としていた。大きなからだは打ちひしがれ、数十年も年をとったように見える。白いたてがみは、しぼんでしまったようだ。雷鳴のようなため息をつき、うつろな声でいう。

「わたしは……茫然としている。われわれ三人のなかに裏切り者がいるなんて、ありえない話だ。賢人は間違った情報をわたされたのだ。そんなことは考えられない」

立ちあがり、重い足どりで飲み物の棚へ行った。あてもなくコップを手にとり、アルコール飲料をなみなみと注《そそ》いだ。鉤爪が震え、アルコールの容器の角とコップがあたって音をたてる。べつの瓶が倒れて割れ、テーブルの上に中身がこぼれた。刺すような匂いが室内にひろがった。

「われわれは長年いっしょに働き、たがいに信頼しあってきた」ツァペルロウはショックをかくせない状態で大声を出した。「一ミリメートルだってクランドホル公国の方針からはずれたことはない。けっしてなかった」

ツァペルロウは機械のような堅実さと数多い独自のアイデアで、行政を処理してきた。グーは壮麗さと自意識の高さで公国を外に向けてアピールし、国の代表をになってきた。カルヌウムは公国のためにさまざまなアイデアやヴィジョンを大規模に企画し、多数の野望に満ちたプランを実現させて讃嘆された。三人各自が、それぞれの得意分野で絶対的なトップの実力者であり、だれもたがいの任務や仕事内容をねたむようなことはなかった。その、しっかりと組まれた共同体にいま、埋めあわせることのできない幅ひろい亀裂がはいってしまったのだ。

「賢人は違う意見だ」と、グー。「不審の種がまかれてしまった。数分後にはもう、われわれ、だれが裏切り者なのかと自問することになる」

カルヌウムはコップをコースターの上に乱暴に置いた。

「だれもが考えるだろう、〝このなかでだれが裏切り者なんだ？　自分でないことは知っている！〟とね。これは悲劇だ。邪推が憎悪に変わる」

三公爵の共同体は、この瞬間まで、すばらしく機能していたのだ。あの通信メッセージを聞いたのち、かれらが代表する公国は、ばらばらに分解してしまった。

「憎悪する必要はない。友情をもってこの問題を解決しようじゃないか！」ツァペルロウが困惑しながらも提案したが、心ここにあらずのようだ。カルヌウムはけたたましく笑った。

「友情だと？　きみたちのうちひとりは、わたしの友である価値はないのだ」それから、動揺してたどたどしくつけくわえた。「きみたちも同じことをいうだろうが」

下のほうからとどろく音が響いたと思うと、軽い震動がネストの構造体を通じて伝わってきた。宇宙船がネストを出発したのだ。

グーは曖昧《あいまい》なジェスチャーをした。

「われわれはどうすればいいんだ？」

カルヌウムは強いアルコールをちびちびと飲んでいる。なにも考えず、自制もせず、まるで自動的な動きにまかせているかのようだ。どの公爵も、心の奥深くをつかれたようだった。

「裏切り者が名のりでるなど、考えられない」グーはつぶやき、外側監視スクリーンに目をやる。白い船が二隻、ネストと惑星のあいだを移動しているところだった。

「もしも裏切り者が存在するのなら、だ」と、ツァペルロウが条件をつけた。「賢人が事態を見きわめ、ほんものの裏切り者に死をあたえるのではないか。それでほかの者たちは安心できる。ずっと疑いつづけるなんて、われわれの頭がおかしくなるだけだ」

かれの誇りもまた深く傷ついていた。公爵たちはクラン人種族のトップエリートなのだ。まるで、宇宙の光が呪いを発し、稲妻のごとく自分たちにあたったようだった。

ツァペルロウが真っ先に自分のための暫定的解決案を出した。背筋をのばしたものの、その態度が偽りであることを明らかにするような声で、

「わたしは自分のキャビンへさがることにする。ひとりになりたいのだ。状況が変わるまで待とうと思う」

ツァペルロウは二公爵の目に視線を落とした。自分たちはクラン人の成人で、あらゆる試練と冒険をへて円熟し強くなったのだ、と、自分にいいきかせる。いま、疑いなく根深い危機が訪れたが、克服できるはずだ。ツァペルロウは首をひっこめて、打ちひしがれたようなそぶりをした。

「きみたち、わたしのキャビンはわかるだろう。仕事も持ってきているので」

グーとカルヌウムは、ツァペルロウに向かって黙ってうなずいた。

ツァペルロウの背後でハッチがスライドして閉じると、カルヌウムはのこりのアルコールを喉に注ぎこんだ。

「裏切り者は、〝かれ〟なのか？」と、まだショックの影響をひきずったまま、小声で問う。

「わからない」と、グー。「とにかく、わたしではない」

放心状態でグーは服の上から背後を掻いた。痔が突然、ふたたび痛みだしたのだ。

＊

ブザーが六回鳴った。女指揮官がハッチを開くと、かちりという音とともに保安スイッチがはねあがった。第二調査官だ。アルジャカは鋭い鉤爪で、弾力のあるクッションを敷きつめたひろい場所をさししめした。

「あちらへ」

アルジャカの顔に困惑の表情が浮かんだ。クラン人は頭蓋骨の構造上、表情の変化が乏しいのだが、チルヤクの顔には感情の動きに相反する色が見える。鼻は渇き、涙腺からは涙がにじみ、力強い歯はむきだし、鼻の付け根には深いしわが刻まれていた。黄色い目をなかばおおうまぶたが細かく痙攣《けいれん》し、耳の先も震えている。チルヤクは大きく深呼吸すると、

「これは宇宙航行がはじまって以来の〝ルイジント〟です！」

「わたしにとってはある意味、終わりのはじまりだ。公爵のひとりが裏切り者だって？」と、ネスト指揮官。通常勤務時間は半時間前に終わり、アルジャカはキャビンにたっぷりの食事を注文していたが、いましがたキャンセルしたところだ。空腹のはずなのに、食欲が失せてしまったのだ。

「ネストは混乱におちいっています」と、調査官。「大部分の艦船はすでに出発しまし

たが」

賢人は公爵たちの権力をさしとめたのち、命令を出していた。通常の要員の大部分にネストをはなれよという要求であった。集団避難と同様の意味である。

「手に負えない暴動になっているのか？」アルジャカは興味もなさそうに聞く。彼女のなかでもショックの余韻がのこっていた。全種族の名誉が危機に瀕しているのだ。

「いえ。ですが、ひそひそ話をしたり、歯擦音《しさつおん》を出したり、狂ったように明滅したり」

「それはたしかにルイジントだ！」アルジャカはうなる。

ルイジントとは古いクランドホル語の表現で、尋常ではない意味を持つ出来ごとのことをいう。たとえば大規模爆発や星の崩壊など自然災害のほか、宇宙規模の敗戦のような、道徳や理性が大きく揺さぶられることを意味する場合もあった。クラン人ふたりは黙って見つめあった。

「どうすればいいのでしょう？」ついにチルヤクがたずね、なにもうつっていないスクリーンを指さした。アルジャカは理解した。〝裏切り者の正体を暴くべく、要員は協力すること〟と、賢人が命令したのだ。

「裏切り者を暴く方法は見つかるだろう」アルジャカはいって、豊かなたてがみをひっぱる。チルヤクは、とんでもないというように、手で制した。

「相手は公爵たちですぞ！　ヒステリックなプロドハイマー＝フェンケンなどではあり

ません！」

「裏切りはクラン人の品位に関わる」と、アルジャカ。「わたしは兄弟団の行動を嫌悪しているが、そのメンバーの考えはまだ理解できる気もする。でも、公爵のひとりがかれらと結託するとは、本当にきょうまで考えられなかった。われわれになにができるかはわかっている。チルヤク、ネストの要員それぞれに関する全書類を持っているな。われわれには兄弟団のスパイを演じる者が必要だ」

チルヤクはからだをすくませ、鉤爪をのばした。それから、こころえたように大口を開けた。

「わかりました。探してきましょう」

「話のうまいプロの策士を。ネストにそんな者がいたらの話だが」指揮官は皮肉たっぷりにいいそえた。

「なにかいいアイデアを考えます」調査官は約束した。「それでも、この状況は気分が悪いものです。わたしにとって、公爵とは議論の余地のない存在であり、それはこれからも変わりませんから」

アルジャカは棚へ行って扉を押し開き、引き出しから奇妙なかたちの杯をふたつとりだした。その持ち手はクラン人の鉤爪に充分な大きさであったが、半球形の空洞には十四立方センチメートル以上ははいらないだろう。指揮官は、べつの金属容器にアルコールとちいさな黒いスパイスを一片いれ、ミネラル塩をふりかけて高速攪拌機《かくはん》で混ぜた。そのなかに、べつの容器三つから数滴ずつをくわえる。攪拌機がふたたびうなりだすと、容器からエキゾティックな匂いがたちのぼった。アルジャカはそれをふたつの杯に注ぎ、ひとつを調査官にわたした。

「〝トロンク〟だ」彼女はいう。「エルゴ大陸に近いウルスクアル海の島でとれるスパイスで、貴重なもの。高価で効き目がある」

「どうも」

植物のエキスには、心をおちつかせ、一時的に思考をクリアにする物質が混じっていた。儀式と作用がたがいに補いあうのである。クラン人にとって、少量のトロンクを調合し、ともに飲むことは、絶対的な信頼の証《あか》しであり栄誉であった。

ふたりは黙って飲んだ。それからチルヤクがうなずいた。

「すぐに吉報を持ってきます。あるいは、失敗の報告になるか。クランドホルの賢人にかけて……まさにルイジントですからな！」

調査官は大口を開けて歯を見せ、腕をあげて挨拶し、アルジャカの私室をあとにした。ふたたび古いネストの壁やデッキが震動した。船二隻が同時に出発したのだ。もしも裏切り者がすぐに暴かれたなら、以前の状態を再建しなければ。裏切り者でない公爵ふたり以外に、だれがクランドホルを統治するというのか？

チルヤクはおちついていた。しかし、自分がこれからすることに対しては、非常に懐疑的だった。

＊

シェレ・タクはトカゲ頭をうしろにそらして、歯擦音をたてた。

「とんでもない考えですね。でも、あなたを助けましょう、チル」

チルヤクは熟考のすえ、かれの考える〝プロの策士〟を見つけていた。助手のターツである。忠実で信頼がおけるし、義務感が強く、ほかのターツと同様、無類の正義漢だ。

「わたしを助けるのではない。きみが手柄をたてても、わたしは表彰されないし、きみ自身、なんの褒美ももらえないのだ」

銀色に輝く派手な鱗《うろこ》におおわれた巨大なターツは、同意の身ぶりをした。

「わかりました。グリーンのビルト一枚もいりません。事態は笑えないほど深刻ですからね」

「そのとおり。ほんのすこしの汚い取引だ。きみは自分の役割をできるかぎり完璧に演じてくれ。すべて充分に打ちあわせしたからな」

トカゲ種族の多くが緩慢であるのとは反対に、シェレ・タクの動きは機敏である。頑強で、ターツとしてはよくしゃべる。上司のチルヤクよりも手三つぶんほどちいさく、目は狡猾そうに輝いている。手いれのいきとどいた身だしなみをかぎりなく重要視していた。シェレ・タクが故郷惑星クォンゾルの湿地でとれる金属をふくむ泥を頻繁にからだに塗っていることを、チルヤクは知っている。そうすると、きわだって心地よい香りをはなつのだ。クラン人のあいだでは、ターツはその長い進化の歴史において感情が乏しくなったとされている。それゆえ、ほかの生物の心理にはいりこむことがやや不得手である。シェレ・タクは調査官の助手として、ここで多くのことを身につけたが、それでもチルヤクはこのターツの精神治療をうけようとは、けっして思わないだろう。

「自分の役割はこころえています。だれからはじめましょうか？」ターツがささやく。

上司は天井を指さし、

「だれからでも」

「いつやれば？」

「休息時間がいい。より緩慢で直接的な反応が得られる。眠っているところをたたきおこされたら、クラン人の抵抗力は弱いからな」

「クォンゾルの沼ユリにかけて！」ターツはうなる。「わたしが失敗するほうに、青を百枚、賭けませんか？」

直径一センチメートルのグリーンのビルトも、青いジョルドも、赤のタルデも、クランドホル公国の通貨である。チルヤクはしわがれ声で笑った……荒々しい笑い声にはユーモアなど感じられないのだが。ベルトのなかから小銭をすくいだし、一ジョルドをテーブルの上に投げた。直径三センチメートルの青いプラスティック製コインが、ひとりでに転がりこむようにターツのてのひらに落ちる。

「賭けないよ。食堂に行って、あのまずいターツ・ソーセージでも買うといい！」

シェレ・タクは、腹をすかせたトカゲのような顔をして、足を踏みならしながらドアへ行き、答えた。

「でかい仕事にあたっては胃袋を満たす必要がありますからね。どうも、チーフ」そういうと、ターツはまた深刻な顔になって歯擦音をたてた。「これは本当にいやな仕事です！　が、うまくやれるよう努力します」

「それこそ賢人がきみに望むところだ。あと五時間、待つのだぞ」

調査官はシートに背中をあずけたが、ゆっくり考えるひまもなく、呼び出しスイッチに向かう。ひとりのアイ人がモニターにあらわれた。頰と額にあるちいさなくぼみが、問いかけるように明滅する。

チルヤクはアイ人の視覚コミュニケーション手段をよく理解できた。完全ではないにしても、かなりの微妙なニュアンスも充分わかる。

「きみはムシカだね？」

〈そうです〉と、答えが返ってくる。チルヤクは、肘の高さまで透けて見えるアイ人の体内の血管と筋肉をまじまじと見た。

「固定型でないロボットの管理に携わっているのだったな？」

〈はい。障害の報告がありましたか？〉と、ガラス人が明滅信号を送ってくる。

「いや、そうではない。きみのグループでもっともプログラミングに長《た》けた者と、できるだけ早くわたしのオフィスで話したいのだが。かれがほかの人々といっしょにネストを去っていないのなら」

信号が返ってきた。

〈ニャウゴンなら、まだいます。そちらへ行かせましょう。ちょうどひまなようです〉

「ニャウゴンに急ぎだと伝えてくれ。それから、かれのキャリアのなかで、もっとも重要な任務があたえられるとも」

〈了解。連れていきます〉アイ人の信号が伝えてきた。

チルヤクは自分自身と自分の仕事を憎みはじめていた。しかし、これはほんの序の口である。会話終了のサインを送り、モニターのスイッチを切ると、しばらくしてふたたび立ちあがった。客用セクターの回線やスイッチ、予備接続などの概略図をスクリーンにうつし、ネスト・コンピュータを介して三本の回線をつなぐ。そのスイッチの切りかえは、コンピュータ自身とここの制御室からしかできない。

不意にブザーが鳴り、チルヤクは驚いた。ハッチが音をたてて開く。賢人の命令にしたがっていくつかの要員グループがネストを去ったことを知らせる、軽い震動がふたたび聞こえた。アイ人がはいってきて、資料が山積みになった机のところで短く信号を送ってくる。挨拶のパターンだ。それから、顎袋にある皮膚のしわを使って、クランドホル語の言葉をいくつか発した。

「きました。命令どうぞ。緊張してます」ニャウゴンは苦心しながらいう。クラン人は手を振って、

「そんな努力はしなくていい。きみには、客用セクターの全ロボットを部分的にプログラミングしなおしてほしいのだ」

〈了解〉と、頭部のくぼみが明滅し、速いリズムで色を変える。〈どのようにプログラミングしますか?〉

多くのアイ人はとても器用な技術者である。いい教育をうければ、そのうち数人は真の達人と呼ばれるようになるだろう。第一艦隊ネストで働いているのは、資格を持った優秀な者ばかりであった。フォルガンⅦにおいて、透明人の小エリート部隊が形成されているのだ。かれらはロボット技術とそのプログラミングに従事している。ニャウゴンは、チルヤクが望むことを正しく理解したようだった。

「まず、べつのことをきこう。きみは賢人の通信メッセージを聞いたかね?」

「ぜんぶ、聞きました。先の見えない状況で、われわれ、混乱し……うろうろしていま

す」

「うろたえています、だ」そういうと、アイ人の頭の表面が明滅した。「われわれは早急におちつきをとりもどさなくてはならない。それまで、公国は無政府状態のはじまりのようになるだろう」

調査官はニャウゴンに説明した。ガラス人の有柄眼が左右とも同時に前後に動いた。コントロールできない興奮のしるしであると、チルヤクにはわかっていた。かれは、アイ人の手首に巻かれている幅広の柔軟なバンドについている記録装置を指さし、

「スイッチをいれるのだ。ロボットにどのようにプログラミングするか説明しよう」

チルヤクは自分の計画を展開した。論じれば論じるほど、より明確に怒りと底なしの失望を感じてきた。自分は、ひとりの公爵に死を望むべく選任されたわけではなかったが、裏切り者に対してすみやかな死をあたえるのは、寛大すぎる罰かもしれない。チルヤクは冷静さを失わないように気をつけた。アイ人は黙ったまま話を聞き、三つだけ質問をして、オフィスを去った。クラン人はアイ人を呼びとめた。

「きみは、わたしかアルジャカからロボット部隊への開始命令をうける。わかったか、ニャウゴン？」

〈了解。すぐ任務にかかります〉と、透明人は明滅で返した。

チルヤクには、公爵たちがあとどれほどネストにとどまるのか、まったくわからなか

った。しかし、ネストにいるだれもが、一時間ごとに強まる精神的圧迫に屈するであろうことはわかる。最後には爆発するだろう。

4

ツァペルロウが裏がえしたりわきへ押しやったりするたびに、フォリオはかさかさとちいさな音をたてた。ペンが行の上をすべる。公爵は論評や指示を書いては消し、推敲していた。キャビンは闇につつまれ、デスクの上だけに照明がまっすぐ白い光を落としていた。公爵の視界にはいるスクリーンには、衛星反射鏡に照らされた惑星クランの映像が輝いている。ひろがる雲が渦を巻き、気づかないほどゆっくりとかたちを変えていくようすが、まやかしの静寂と平和の図を描いていた。グーとカルヌウムへのインターカムはつながったままだ。

小型日誌レコーダーのコントロール・ランプが赤く光った。ツァペルロウはとぎれがちな声で、自分の考えをいいあらわそうとした。

「もしも本当に、われわれのひとりが裏切り者だとしても、場合によっては理解可能かもしれない。その者が兄弟団と通じているのは、かれらの正体をしかるべき時期に暴くためだという前提で考えると、これまで沈黙していたのも納得できる。賢人はすべてを知っているのか？　通信メッセージのあと、関係者に真相が告げられ、疑惑は当面のところ消えたのかもしれない。たとえ、裏切り者が本当の味方のことを兄弟団に洩らしたとしても、それはつまり二重の裏切り行為だが、かれは罰されないだろう。わたしはグーとも話したが、途中で中断を余儀なくされた。それでも、カルヌウムとグーはこのテキストをいっしょに聞いているだろう。

相互の不信感が攻撃的態度を生んでしまった。わたしはそれに関わらないようにつとめたい」

ツァペルロウは日誌レコーダーのスイッチを切って、ひきつづき物思いに沈んだ。賢人は次なる対策として、三人を一室に閉じこめるよう命令するだろう。そうすれば、自分たちは疑いなくたがいの命を脅かすことになる。

パネル壁にある細長いドアが開き、ちいさな物音がした。ツァペルロウは驚いて振り向き、手をぴくりと動かす。一体のターツを見ると、公爵はすぐにまたレコーダーのスイッチをいれた。ターツは鋭い声をあげ、共犯者のような口調で、

「このキャビンは盗聴されていましたよ。わたしが線を切断したのです。急ぎましょう、ツァペルロウ公爵」

「なにをしにきた？」でっぷりとしたクラン人は、大きな声で脅すようにたずねた。

「兄弟団が助けにきました。あなたはわれわれの仲間です、公爵」ターツは歯擦音をた

て、ゆっくりと近づいてきた。コンビネーションにおおわれていないからだの部分は、銀色の鱗が鮮やかに光っている。「問題はかんたんには解決できないが、兄弟団がつねに逃げ道を用意します」

ツァペルロウは立ちあがった。絶望感は突然、ヴェールが落ちたように失せていた。公爵は小柄なターッに腕をさしむけ、どなった。

「わたしはきみの探している裏切り者ではない、ターッよ。これ以上なにもいうな！きみたちのひとりと話すくらいなら、死んだほうがましだ。もしもきみが本当に兄弟団の者であればべつだが、そんなことは信じられん。出ていけ！」

ターッは動じなかった。両手をあげて、意にそう旨のクラン式ジェスチャーで、ささやいた。

「大声を出さないで。そんな釈明をする必要はありません。このキャビンは監視されていないから」

ツァペルロウは、なにか武器として使えるものがないかとあたりを見まわした。ほかの種族用につくられた椅子を持ちあげ、振りかざしてターッに迫った。

「出ていくんだ！」

どなり声が壁にぶつかりこだました。ターッはあとずさりし、なにかわけのわからないことを口ばしった。そのうしろで、細長いドアがスライドして開いた。公爵が棍棒のように振りまわす椅子が命中する前に、ターッは開いた空間の向こうに跳びだした。ドアが閉まる前に、恨めしそうにいう。

「兄弟！　あなたは状況を見誤っている。わたしはあなたを助けようとしているのです……」

「公爵に対してもっと敬意をはらえ！」ツァペルロウはどなった。目の前でドアが閉まる。公爵は椅子をおろし、足を踏み鳴らしながらヴィデオカムへ行き、司令本部を呼びだした。ひとりのクラン人が出た。

「公爵、なにか？」かれはていねいにきいた。

「ネストの保安部は役たたずだ」ツァペルロウはつっけんどんにいう。「いま、ターッが一体、忍びこんできた。兄弟団の一味だといっていた。捜索して拘束しろ。それとも、だれかふざけた者の計画した演出だったのか。とにかく、これ以上のじゃまはしないでもらいたい」

右からネストの女指揮官が画面に割りこんできた。公爵に問いかけるような視線を投げかけ、躊躇しながら答える。

「わたしのほうでこの件についてすぐに追及します、ツァペルロウ公爵。ただ、非難につきましては、失礼ですが、やや心外ですね」

「わたしを裏切り者として暴く試みが、たいしたことでないとは思わん。わたしはこれ以上じゃまされたくないのだ！」

「もちろんです」

公爵は憤慨で煮えたぎりながら接続を切り、仕事場にもどった。当然、ツァペルロウにはあの試みの意図はお見通しだ。これは最初の、まだ無害な心理戦の一部なのである。回を重ねるごとに残酷になっていくであろう。この戦いでは、過ちを自白した公爵が敗者となるのだ。ほかの二公爵は当惑して、スクリーンのなかからツァペルロウを見おろしていた。スピーカーはつながっていたのだ。

＊

ターツのシェレ・タクは、隣室の外壁にある呼び出しボタンに触れた。ツァペルロウがひと言でも分別のない言葉を吐くとは思っていなかった。それにはまだ時期が早すぎる。小型モニターの画面が明るくなり、こちらを見つめるカルヌウムの顔がうつった。シェレ・タクは歯擦音をたてる。

「兄弟団から送られてきました。はいってもよろしいでしょうか」

「どうぞ。ただ、わたしがそのような栄誉にあずかるおぼえはないが」

空圧式装置によってハッチが開いた。キャビンのなかは、ツァペルロウの殺風景《さつぷうけい》な仕事部屋の雰囲気とは対照的に、明るくこうこうと照らされていた。ターツは低いテーブルのほうへ行き、酒瓶と杯を長いこと見つめていった。

「ほんのしばらくのあいだ、公用回線が不通になったので。わたしはツァペルロウ公爵の使いです。かれはいま、ネストで兄弟団を指揮しています」

カルヌウムは皮肉な笑い声を発し、仕事をしているツァペルロウのうつったスクリーンを指さした。

「かれがつまり、きみの〝兄弟〟だというのかね？」

「わたしは連絡をつけられる立場にあります」ターツはぐらかし、困ったように前腕の鱗をこすった。「ツァペルロウがいうには、かれとあなたがまもなく裏切り者として暴かれたなら、メンバーとして不適格になると。わたしがここにきたのは、兄弟団の本当の友たちに、考えうるあらゆる救助を申してるためです」

「きみは頭がおかしい」カルヌウムは決めつけて、杯を手にとった。「ツァペルロウもだ。本当にかれがきみを送りこんだのだったらね。ま、わたしは信じないが。裏切り者だって？　そんなこと、かれがいうわけはない。だってツァペルロウはわたしとグーと自分自身を信頼しているのだからね」

「信頼はしばしば、信仰よりも盲目です」ターツはいいかえした。「裏切り者を捕らえるために、すべてのものが動員されます。この危機を回避したいと思うならば、わたしに連絡してください」

「だれのもとであれ、そこにもどりなさい」カルヌウムは意に介さない。「ツァペルロウと同様、きみのトリックにはひっかからないからな。わたしにはかくしごとがないから不安もないのだ。もうグーにもその不埒《ふらち》で無理な要求をつきつけたのかね、親愛なる友よ？」

「いいえ。ツァペルロウがいうには、グーは潔白だと。グーのような、物忘れの才とそこそこの知恵に恵まれた愚者は、まさにおろかすぎて、ふたつの顔を演じることはできないといっています」

カルヌウムは、すべてを悪い冗談だとうけとめているようだ。笑うしかない。かれの自信は揺るぎなかった。杯を持ちあげ、機嫌よく応じる。

「さ、きみの出番は終わった。ツァペルロウは恨みごとを吐きだしたし、兄弟団に対するわが意見は数年来、変わらない。宇宙の光よ！　よりにもよって、わたしが、裏切り者とは！」そういうと、うんざりしながらつけくわえた。「わたしのキャビンから出ていってくれ。きみが最初の恐怖の伝令であることはわかっている」

「恐怖が増したら、またきます」ターツはおちついていう。「ほかの公爵ふたりに対抗して、あなたを助けるつもりです。ふたりの意見は一致している。それは、あなたが裏切り者だということです。おじゃましました、カルヌウム公爵」

「そうか。きみもまた道具のひとつにすぎないのだな」

ターツは黙ってしりぞいた。かれは自分でも気づいていなかったが、カルヌウムを深い思案のなかに沈めていた。公爵は自身に、かつての友ふたりの不信には理由があるはずだと、いいきかせるはめになったのだ。わたしが賢人の箴言《しんげん》を裏切ったと、ふたりが信じてしまうような行動をとったことが、いつかどこかであっただろうか？

あるはずがない！

＊

シェレ・タクが一回めの試みをおこなってから二時間後、チルヤクはシグナルを送った。

ネスト・コンピュータが自白強要プログラムを開始した。

客用キャビン三つがあるセクターとそれに付随する部屋は閉鎖された。鋼製ハッチが鈍い音を響かせて閉まる。色とりどりの警告ランプが絶え間なく明滅し、全空間が混沌とした光の氾濫《はんらん》のなかにはいりこんだ。制御周波は正確に計算されている。その光は、クラン人の精神に強い圧迫をあたえるものだった……もちろん公爵たちにも。

ロボットたちは持ち場をはなれ、低くうなるような音を発しながら浮遊し、虹色に輝く防御フィールドの向こうにある出入口でとまった。全スクリーンのスイッチが同じタイミングではいる。

セクター内の循環・浄化ずみ空気の酸素含有量が変化した。酸素量がわずかにさがり、幻覚ガスが注入されたのである。ガスの成分は、ネスト・コンピュータによって厳密に算出されている。コンピュータのプログラミングは上位規範にしたがっていた。すなわち、公爵のだれにも怪我や障害を負わせたり、まして殺したりしてはならないというものだ。とはいえ、この特別プログラムは、賢人に逆らう裏切り者を発見・摘発するために設計されたのである。

隔絶されたセクターにある各スピーカーにスイッチがはいり、身の毛のよだつ音楽が鳴りひびいた。寡黙で陰気なリスカーたちの故郷惑星コルドス＝リスクの、古い旋律をデジタル化したものである。そのシンフォニーは、いかなる背景音楽よりも、クラン人の胸中に太古の意識内容……いわゆる原風景的遺物を目ざめさせるのに適していた。裏切り者を見つけようとするこの試みの第二幕は、公爵たちの居住セクター内にかぎられたものだ。

巨大ネストにいる、ほかのいかなるクラン人も被害をこうむらない。

補助種族のメンバーも同様である。

このとき、艦船一万五千隻の故郷基地であるネストには、常駐の中心要員以外だれもいなかった。

厚い遮断壁があるにもかかわらず、リスカーの旋律が鈍くとどろいている。この音をクラン人がぼんやり聞くと、まるで極度の緊張状態にあるかのように、たてがみが逆立つのである。ネスト要員の胸の内はさまざまだが、これらすべてをお遊びだとかたづける者はだれもいなかった。賢人への裏切りは不敬罪にあたる。殺人も、クラン人にとって重大な意味を持つあらゆるものに反する、想像を絶する罪である。裏切り者を見つけようとする試みは、みずからを苦しめること以上のものであり、考えるだけで、刺すようなひどい不快感がのこる。

それでもなお、この作業は遂行されなければならないのだ。

スピーカーからは、耳慣れない響きが絶え間なく迫ってくる。しばらくすると、ネスト・コンピュータの音声が切りかわった。音声は、賢人が理念を述べた全談話から長いスピーチを引用したり、クランドホル星系に古代から伝わる書物の適切な文章をゆっくりと読みあげたりする。各テキストは、コンピュータ自身がネストの図書室から選んだものだ。言葉や文章は古いものであり、標準語が時代遅れな印象をあたえるが、それらはすべてのクラン人の胸中にある思いで、それをくりかえしているだけである。たとえば正義について語り、正しく価値があると認められている理念への忠誠と、この星間種族の比類なき興隆を可能にした賢人への忠誠を呼びかけている。

リスカーの音楽とともに、言葉が弾丸のように撃ちこまれてくる。コンピュータがそれをどう表現するかは重要でなく、選択した言葉そのものが、あらゆるクラン人に思いださせるのである……自分自身がいわゆる忠誠の誓いをたてたことを。

もしかしたら、音楽が言葉に作用し、幻覚ガスの働きもあって、裏切り者を見つけられるかもしれない。

不思議だ、と、アルジャカは考えた。われわれのだれも、賢人が間違っているかもしれないとは思わないのか！

彼女も第二調査官チルヤクも、公爵たちを観察するのをやめていた。三人の状況を見て楽しもうとは思わなかったからだ。

コンピュータによる二時間のプログラムが終わると、公爵たちは、いままで経験したことのない状態におちいっていた。

グーはあらゆることをためしてみた。

目を閉じることはかんたんだった。そうすれば、精神をおかすヒュプノ性の光の影響にさらされないですむ。しかし、鳴りひびく音楽や、スピーカーから絶え間なく流れてくる音から逃れようと、鉤爪を耳穴につっこんでみたが、なんの助けにもならなかった。壁と床は増幅された音のせいで震動している。スクリーンに向かってものを投げても意味はなく、かたいものを使って壁から配線をひきはがそうとしても、うまくいかなかった。グーにとって、気持ちをめいらせる音楽の混沌と、とっくに忘れさられた古文書の偉大な言葉のなかに身をさらすのは、拷問に等しかった。

グーはクッションの上にしゃがみこみ、上半身を前方に曲げ、理性をコントロールしようとした。周囲の環境を無視しようとし、自分の精神状態は安定していて、この苦しみに耐えられる、と、みずからにいいきかせた。

からだが硬直し、筋肉は破裂しそうなほど緊張している。鉤爪が手の末端から大きくはみでて、皮膚が裂けていた。グーは腕を胸の前に交差させ、両肩をしっかりつかんだ。たてがみは、まるで湯に浸かったように汗で濡れていた。グーのなかでは、怒り、落胆、どこにもぶつけられない攻撃衝動、ほかのさまざまな感情が渦巻いていた。目に見える敵はいなかったが、もしそのようなものが姿をあらわしたならば、攻撃していたかもしれない。耐えがたい心の緊張をいっきに振りはらうためだけに。

あらたに音がした。それは、現在のグーにとっては単調な振動の連なりでしかなく、恐怖の次の段階を暗示するものであった。

「もう耐えられない！」グーはうめいた。そのあえぎ声は、騒音にかきけされた。

自分の右のほうで起こったことを見たとき、かれの恐怖は麻痺したような驚きに変わった。

＊

カルヌウムは、そのときまではまだ正気をたもっていた。

神経をさいなむ音楽、激烈な言葉、明滅する光にかこまれたなかでも、いっさい惑わされずに耐えていた。そこには、とりわけ強いひとつの動機があった。ほかの公爵ふたりにしめしたかったのだ……かれらがこの拷問に耐えられたのだったら、自分にもできると！

司令本部とコンタクトをとりたかったが、どの機械もいうことをきかない。キャビンを出ようとしたが、どのハッチも開かなかった。どんなに力をこめても開けることができなかった。

理性が損なわれはじめた。脆弱さに捕らえられたのだ。カルヌウムはそれに対抗し、話したり考えを言葉にしてあらわすことによって楽になろうとする自分と戦った。だれかと話がしたいという、おさえがたい欲求と戦った。

話したくない。報告すべきことも、告白すべきこともなにもない、と、自分のなかでくりかえす。

冷徹な宙航士でさえも身のすくむような悪態をついた。

かれは孤独だった。

この戦いは、だれにも知られないうちに経過していく。すべての出来ごとは、アルジャカをはじめネストのクラン人幹部によってコントロールされていた。かれらを罰したり、自分にとって好都合なことを強要したりする権利は、いまのところカルヌウムにはない。かれらはカルヌウムと同様、賢人の厳格な命令下にあるからだ。こんな状態が永遠につづくはずはない。生きのびて乗りきること、それがすべてである。もちこたえなくては！　耐えぬくのだ！　かれはこの自戒を、重なる音や言葉やはげしい光の影響によって痛めつけられ混乱する思考のなかに、くりかえし呼びおこした。

　騒音はまだつづいている。

　コンピュータが読みあげているのは、クランの歴史書からの引用だ。近隣惑星へ最初に液体燃料ロケットを発射したときより、二百年も前の作品である。言葉のひとつひとつが意味深長であり、落下する流星のごとくカルヌウムの意識のなかに深く埋めこまれた。かれは黙して、完全に集中し、胸中を打ち明けたいという衝動を抑制しようと戦った。コンピュータはテキストの朗読を終了し、突然まったく違う口調でいいわたした。

「だれが賢人を、ひいてはクランを裏切ったのかということは、周知の事実です。確実な状況証拠がそれを示唆《しさ》している。ネストは自白を待っています」

「それがわたしに関することであるのなら、ネストは長く待たなければならないだろう！」カルヌウムは叫んだ。だれからの答えも、反応もなかった。

　そのとき突然、あるものが見えた。それは自分の……いったい、なんなのであろう。友か？　敵か？　裏切り者か？　それとも、この狂気のあらたな犠牲者なのか？

　賢人の命にしたがい、執拗に裏切り者を探すべくクランによってプログラミングされたネスト・コンピュータが、冷酷なゲームに新しいヴァリエーションを持ちこんだのだった。

キャビンとキャビンのあいだにあった堅牢な金属壁が、床のなかに沈んでいく。

三人の公爵たちは、ひとつの大きな空間のなかにいた。

*

ツァペルロウはあらゆることを考えたが、こんなことは思いつかなかった。それほど遠くないところに、カルヌウムの白く輝くたてがみを……いまやほとんど頭にはりついてしまっていたが……見て、ツァペルロウはなかば意識を失いそうになりながら、予測される最悪の段階がはじまったことを悟った。

自分たちは、ひとつの空間にいっしょにいるのだ！

カルヌウムの向こう側には、ライヴァルであるグーが見えた。ふたりはもう精根つきはてている印象である。しかし、ツァペルロウは、この印象がたんなる見せかけだと知っていた。どちらも屈強かつ戦闘的で、恐怖のこの段階を充分に克服できる。ツァペルロウは無理やり立ちあがろうとした。かれもまた、攻撃心でいっぱいなのだ。心理的苦悩によって、たちまち無力なおろか者になったりしないように、と願った。

ツァペルロウは両腕をあげて叫んだ。

「きみたちも気分が悪いか？」

カルヌウムは絶望的な視線をグーに向け、手で耳をふさいだ。

「なんだと？」

「ネストはわれわれをかたづけようとしている！」ツァペルロウはどなった。「ばかばかしい！」

「そのとおり！　生命の危機だ！　全員、気が狂っている。ネスト・コンピュータもだ！」カルヌウムは絶望の声をあげた。

「いまわしき裏切り者はきみだろう！」ツァペルロウは荒々しく、「きみか、グーだ」

「われわれではない！　その侮辱をきみの喉にぶちこんでやる」カルヌウムは大声で相手を圧倒しようとした。「もう最後の信頼のかけらもなくなった」

光の嵐、強まったり弱まったりする音の響き、コンピュータの音声装置から発する聞き慣れない発音の言葉があふれるなかで、ツァペルロウはグーを探した。グーはいまだに、クッションの上で胎児のようにうずくまって動かない。ツァペルロウはカルヌウムの背後に迫ったが、相手の態度にどう応じていいのかわからず、ふたりはたがいに侮辱しあった。このような事態は、これまでの長い友情のなかで一度もなかったことである。

ふたりは明滅する光の氾濫をつきぬけ、黙って身をかがめている三人めの公爵に突進した。

グーは頭をあげ、ふたりをまるではじめて見るかのように見つめた。その視線のなかのなにかが、かれの旧友たちをストップさせた。ふたりはグーのすぐ前に立ち、ツァペルロウが口を開いて叫んだ。

「もしや、きみが……」

それと同時にほとんどすべての光源が切れ、スクリーンが暗くなった。騒々しい音楽がぷっつりとまる。コンピュータのテキスト朗読も途中でやんだ。

痛いほどの静寂がひろがる。

「……裏切り者なのか！」

ツァペルロウの声がとどろき、ひろくなった部屋に響きわたった。その叫びにグーは跳びあがった。震えながら立ちあがると、友ふたりをじっと見つめる。ほとんど気づかないほどゆっくりと、ふたたびおちつきをとりもどしていった。グーは姿勢をまっすぐに正し、カルヌウムとツァペルロウを順々に指さした。

公爵たちの耳穴に、忽然《こつぜん》と静寂がはいってきた。三人は、混乱し動揺して、たがいの目を見つめあう。すぐにわれをとりもどし、これまで耐え忍んできた恐怖を振りはらおうとした。

「この静寂を享受しておこう」カルヌウムの言葉には、いつもの毒舌のなごりがあった。「次の恐怖の波はさらに恐ろしいものになるだろうから」

「われわれになにかをしろと強要することはできない」グーはため息をつく。「われわれにできないことは」

グーはなにをいっているのかよくわかっていないようだった。

「賢人はネストをめちゃめちゃにするつもりだ」ツァペルロウは恨めしそうにいう。「だれがいまいましい裏切り者かを知るために。ひとりのためにふたりが苦しまなければならない。だれが賢人のターゲットなのだろうか。裏切り者はなぜ、名のりでないのだ？　そうすれば、これまで長いあいだ無二の友であった公爵ふたりを、むやみに苦しめないですむのに」

カルヌウムはテーブルをはげしくたたいた。

「どうしてだれも、賢人が誤っていると思わないのか？」

たしかに、その可能性を一度も考えなかった。これまでそんなことはけっしてなかったのだから。賢人の箴言にしたがった三人の共同作業は、つねに密であり、一抹の不安もなかった。賢人も間違うことがあるのだろうか？　ツァペルロウはみずからに問い、無言のうちに答えを出した。二百年前からクランの歴史を最良の方法で導いてきた謎の権威でさえ、もちろん間違いはおかす。それがきのうまで起きなかったことが例外なのだ……その例外によってルールは有効となるのだが。

ツァペルロウは、かきみだされた神経をおちつかせ、グーとカルヌウムに向かっていう。

「賢人が間違うこともあると思う。でもそれがわれわれにとってなんの役にたつだろうか？」

「われわれが知恵を絞っても、ネストの要員ひとりをも納得させられないだろう」と、カルヌウム。

「ネスト・コンピュータはなおさらのことだ。賢人の命令をうけているのだから」

意気消沈してツァペルロウがうなる。

「反対命令が出るまでしたがうだろうな。考えたのだが、われわれのひとりが、たとえそうでなくても、自分から進んで裏切り者であると罪を認めれば……」

カルヌウムはスクリーンの上をあてもなく指さし、うなるように笑いだした。それは妙に絶望的な笑い声だった。

「われわれ、監視され盗聴されているのだぞ。この試みも意味がなくなってしまった」

「たしかに。われわれには、最後まで耐えぬくほかに可能性はないのだ」

「その最後がいつになろうとも」グーが締めくくった。

この発言の数秒後、ネスト・コンピュータの音声が聞こえた。さっきまでテキストを朗々と読みあげていたのと同じ声で、

「裏切り者がいまここで自白するならば、苦痛は瞬時にやむでしょう。公爵たちは賢人

の命令を知っていますね。かくしだてのない正直さのみが、試練の続行を阻止するのです」

ツァペルロウはふたたび自信をとりもどすことができた。もっとも大きなスクリーンに向かって叫んだ。

「賢人は間違っている！　この罪のなすりつけには、なんの根拠もない。われわれのだれも裏切り者ではない」

「水宮殿からの情報は違います！」ネスト・コンピュータは主張する。

「われわれには、無罪を証明する機会がなかっただけだ！」カルヌウムは憤然として叫んだ。即座にコンピュータ音声が答えた。

「あなたたちは、証拠もなしに立場を表明するのですね？　いいでしょう。自分のキャビンにもどりなさい！」

カルヌウムとツァペルロウはすばやく視線をかわし、意思疎通した。これまで数十年もかれらが使ってきた合図であり、協力関係の土台を形成してきたものだが、もうこれで最後である。

ふたりはいま、グーのキャビンにあたる場所にいた。黙ったまま、その領域からはなれた。どんなちいさな動きもコンピュータとその他の観察者から記録されている。最初、カルヌウムのうしろに仕切り壁が、それからカルヌウムとツァペルロウとのあいだにふたつめの金属壁が高くつきだしてきた。

それぞれがまたひとりになり、自分の思考に束縛されることになった。

公爵たちがはなればなれになると、即座にコンピュータがふたたび作動しはじめた。ささやくような、それでいて強く迫るような声が、鋭く不定期に話しかけてきた。

公爵たちはひとりずつ個人的に呼びかけられた。コンピュータがいま報告しているのは、各人の経歴の総括である。その内容には、真実と憶測が巧みに混在していた。個々の出来ごとは、賢人の批判的見解にそってゆがめられている。規範からはずれた言動はすべて曲解され、兄弟団と接触した状況証拠として解釈された。

かれらが生きてきた数十年にわたる情報とデータには、まったく洩れがなかった。

これほど大量のデータを保存し、このような陰険なやり方で利用できるのは、賢人だけである。どの公爵にも、論破できない非難が浴びせられた。一方、キャビンからネスト・コンピュータへはコンタクトできないので、答えることは無意味かつ不可能だった。通信は一方通行でしか機能しない。また、ネスト・コンピュータが読みあげたように、二十年前に実際だれとどういう理由でどんな会話をかわしたかなど、いまさら言及することはできなかった。あらゆる偶然は、ほとんど犯罪のようにあつかわれた。疑わしい点が無数に浮かぶ。それらが公爵たちの記憶のなかで、コンピュータが非難したとおりの現実味を帯びてきた。

どうやら自分たちは、知らないうちに兄弟団のメンバーと何度も話をしたらしい。

しかし、事実をたしかめることは不可能だし、これからもできないままだろう。

ネスト・コンピュータは相《あ》いかわらず大声で容赦なく嫌疑の数々をならべたて、三公爵それぞれに兄弟団との関係について罪をきせた。

二時間後には、カルヌウムもグーもツァペルロウも、兄弟団と接触を持ったことがあると認めよう、という気持ちになっていた。

しかし、それは自分から望んだことでも、意図的でもなかったのだ！

自白誘発剤をふくむガス状粒子は、いまだに空気中に漂っている。

まず最初にグーが倒れた。気を失い、それまで身動きもせずにうずくまっていたクッションから崩れおちたのだ。

ツァペルロウは、ネスト・コンピュータの非難がつづくなか、疲労に勝てずに寝いってしまった。最後にのこったカルヌウムは、一方的な尋問のすさまじい圧力に耐えきれず、部屋を出ようとしたが、ハッチの前で力つきて倒れこむ。

コンピュータの音声は、とぎれることなくつづいていた。

5

第二調査官チルヤクと女指揮官アルジャカは、公爵たちのキャビンからの衝撃的な映像を見ていた。

「公爵たちは本当に残忍な拷問にかけられている。三人のうちふたりは、罪もないのに苦しめられていて」

「それが賢人の狙いです」チルヤクは答える。「しかし、公爵たちは驚くべき抵抗力を持っている」

「かれらはどんな危機も克服できる。それが自分たち自身に降りかかる危機であっても！」アルジャカは声をはりあげ、「いまのところ、われわれの試みは成果を見せていない。公爵たち三人が気の毒だ。たとえそのなかに裏切り者がいるとしても」

「まったく違った展開となってしまいました。いまに制御できなくなるでしょう」チルヤクが警告する。

「報告を！」

「第一に、これまで何年もそうですが、ネストのシステムはすべてが完全に作動するわけではない。理由はおわかりですね。第二に、ネストにとどまった要員たちが、ふたつかそれ以上のグループに分裂しました。ロボットと閉鎖したハッチによって各グループをはなればなれにしたので、まだコントロールできていますが」

「支持する公爵がそれぞれ異なるのだな？」

「そうです。各グループは自分たちの支持する公爵側にたっています」

「われわれはどうしたら？」

「できることはほとんどありません。思慮深く行動せよと何度もかれらに呼びかけましたが、冷静さもこれ以上はつづかないでしょう」

「賢人は、われわれをかなり困った状況にしてくれた！」と、指揮官。「なにか提案があるか？」

「ありませんが、公爵たちが気を失っている時間を利用したいと思います。すくなくとも、やってみます」

「ひどいことになった。賢人はわれわれに気の進まないことをさせる！」アルジャカは意気消沈していう。「さらに、今後もずっと服従することを強要する」

「それ以外の選択肢はないのです！」

「では……どんなに困難でも、このまま服従しつづけよう」

＊

マルタ＝マルタの駒が、ゲーム盤の横にばらまかれた。シェレ・タクは腕をひろげて歯擦音をたて、

「いっておくが、それには関与するな。リスカーがなんだって？」

「リスカーは頭がおかしい！　ツァペルロウ公爵に自白させたがっている」

「もう一度いうが、それには関与するな！　きみたちは修理の心配をしろ。わたしはチルヤクの計画を知っているのだ」

シェレ・タクはターツの宿舎にいた。正確にいうと、一時間前から非番である。ターツの宿舎があるセクターへはいったとき、暴動と争いの気配を感じとった。多くの同胞がネストを去っていたので、宿舎の住民は百二十体ほどに減っていた。しかし、そのグループが猛烈などなり声をあげ、宿舎のラウンジや通廊を占拠し、ところどころで乱闘にまでエスカレートしていたのだ。

「リスカーはツァペルロウに反抗的だ！」

「で、きみたちはツァペルロウの味方なのだな！　だれを裏切り者だと思うのかね？」

「コンピュータのいったことを聞かなかったのか？　すべてはカルヌウムのことだ！」

「あのコンピュータはどの公爵にも疑いをかけている！」シェレ・タクは声を荒らげた。

「あんたはひっこんでいろ!」

「それはできない。わたしはチルヤクの助手だ。ネストのだれもおかしくならないように注意しなくてはならない。公爵たちは自室で気を失って倒れている。宇宙の光にかけて、リスカーたちをほうっておくのだ」

「リスカーたちは、ムスールのこともネストから追いだしたがっている」べつのターッが隣りの部屋からがなりたてる。「かわいそうに」

シェレ・タクはトカゲ頭を振って、

「きみたち、みんな頭がおかしくなっているぞ!」

ハッチを勢いよく閉め、手でインターカムの接続ボタンをたたくと、沸きたつ怒りに語気を荒らげていう。

「ニャウゴンと話がしたい。いますぐにだ! ロボットを出動させなければ!」

プログラミング室の奥からガラス人が姿をあらわし、額のくぼみを明滅させながらカメラの前に進みでた。

〈なんのことですか、シェレ・タク?〉と、明滅信号でたずねる。

「きみの二種類のマシンだ。リスカーがムスールを追いだし、ツァペルロウ公爵に自白させようとしている。マシンに阻止させなければならん」

〈危険な展開です〉透明人は明滅信号を送った。

「どうにか対処してくれ!」シェレ・タクは命令し、接続を切ると、あたりをうろうろした。このデッキの通廊で、また一連の光が点滅している。いつものごとく、おんぼろ設備の技術的障害をしめす最初の兆候である。通常であれば、すべての宙航士補助種族とクラン人からなる修理部隊が、たえず巡回しているのだが。修理部隊は目下、白い宇宙船のどこかにいる。

このいまいましい古色蒼然たるネストで、次に故障するのはなんだ? シェレ・タクは、アルジャカのいる司令本部につづく搬送ベルトに向かった。ベルトはとまったまま動かない。警告ランプと方向指示機が点滅し、エラーをしめしている。つまり、故障しているということだ。

ターツは毒づいて、走りだした。恐怖が背後に迫っていた。それは自分におよぶ被害ではなく、コントロールできないさらなる展開への不安であり、予測できるすべての事件への恐怖であった。シェレ・タクもチルヤクも、一ダースほどの事件を予測していた。そのいずれも、ネストに被害をあたえ、要員が死んだり負傷したりする恐れがある。上司および指揮官と話しあわなければならない。インターカムを通してではなく、面と向かって。

かれは搬送ベルトの縁にそって走った。

クラン艦隊の全ネストの上部にあるドーム形区域はほとんど、要員のキャビンとそれに付随する移動手段のみで占められている。技術センターや各補助種族のためのさまざまな食糧供給ユニットもふくまれるし、めったにこない客のためのキャビンもあった。そこに現在、公爵たちが滞在しているのである。シェレ・タクは閉鎖区域を避け、しなやかな脚で斜路を駆けあがった。アルジャカのいる司令本部に通じる、半開きのハッチをはげしくたたく。

振りかえると、プロドハイマー＝フェンケンの一団が見えた。

下の階にすくなくとも百体はいて、左に向かって急いで走っている。水色毛皮のからだが、閉鎖した金属ハッチやエネルギー・バリアや各種ロボットの部隊が防御する区域で、興奮したように跳びはねていた。その向こうの部屋には、気を失った公爵たちが横たわっている。ターツはしばらくのあいだ、心配を募らせながら、興奮した小生物の行軍を黙って眺めた。かれらはいつになく騒がしいおしゃべりもしていない。それがかえってこの集団に、奇妙であぶなげな様相を与えていた。プロドハイマー＝フェンケンはだれも恐がらせることのない、おだやかな性質を持つ生物である。それだけに、シェレ・タクは内心その光景に慄然とした。

かれらは鉄パイプやスパナなど、武器として振りかざせる道具をなにかしら手にしていた。

「さ、早くはいれ！」司令本部からチルヤクがどなった。ターツはハッチを開け、うしろ手に閉めた。

「ついにはじまりました、アルジャカ！」と、シェレ・タク。

「もうなかば終わっている」女指揮官は応じ、次々とスクリーンをさししめした。ひどくまばゆい光のなか、公国を代表する者たちが、ゆがんだ格好で床に伏せている。その光景はターツにとって……というより、恒星クランドホルのもとに住むすべての生物にとって……恐ろしい衝撃以上のものだった。

「だが、ネストじゅうに麻酔ガスを充満させるわけにはいかない！」指揮官はきつい声でいった。

「ネスト・コンピュータに問いあわせては？」シェレ・タクは提案してみた。しかし、クラン人から猛烈な怒りの視線を返されただけだった。

「聞くのだ」アルジャカは話しだした。「いかなる者にとっても、つまり、われわれクラン人と同じく補助種族にとっても、名望ある三公爵を監視するのは耐えがたいことであるにちがいない。かれらは次から次へと窮状におちいる。このゲームは、命令によってまだ最後までつづくのだ。最後はつらく悲惨な結末に終わるだろう。要員たちはすでに、どの公爵をひいきにするかで分裂している。ネストを安全な場所に変えなくてはならない」

アルジャカは話しながら、観測地点ネットの映像を、いくつかの装置で一度に再生した。一連のモニターがいっせいに明るくなった。映像では、水色毛皮の者たちがロボット部隊を突破しようとするようすが見てとれた。当然ながら、それは意味のない試みだった。マシンたちは強力なバリア・フィールドを展開し、棍棒その他の武器による攻撃をはねかえしている。

「アイ人たちがこの抗争に介入すると決めたら、ロボットはもはや防衛ファクターにならなくなりますね」チルヤクが言明する。

「きみたち、ターツはどうするのだ？」指揮官がたずねる。

シェレ・タクは、その点に関してはまったくなにも思いつかないという身ぶりをし、

「わたしは自分の仕事をわきまえていますが、ほかの者たちははらわたが煮えくりかえっているでしょう。もしかすると、わたしの仲間とリスカーのあいだで衝突が起こるかもしれません」

「たがいの宿舎をはなすように手配しよう」と、チルヤク。「ところで、きみと指揮官の意見を聞きたいのだが。裏切り者はだれなのだろう？ちなみにわたし自身は、どう考えるべきかわからない。公爵たちも、わずかの秘密も洩らさないし」

「わたしもわからない」指揮官も告げる。「客観的でいようと思うのだが」

「わたしも同様です」と、シェレ・タク。「でも、わたしの仲間は、カルヌウムが裏切り者ではないかと考えています」

「そして、リスカーはツァペルロウだと思っている」と、アルジャカ。

「わたしは態度を明らかにするのはやめておきます」と、チルヤクは、「公爵たちはこのまま……寝かせたままにしておきましょうか？」

「この世のなにごともかれらを目ざめさせはしないだろう。われわれはまだあと数時間、待たなければならない。そうしたら、賢人のいった次の強化試練にはいる。シェレ・タク、スパナを持ったプロドハイマー＝フェンケンたちへの対応をひきうけてくれるか？」と、指揮官。

「わかりました」と、シェレ・タクは答え、ハッチに向かった。そのベルトにはパラライザーとブラスターが携えてある。それもまた、このネスト内でますます危険が高まっているというしるしであった。

＊

ロボットたちは密集した列を形成しているため、防御バリアがたがいに融合していた。マシンは低い音をうならせながら前進し、幅広の通廊をいっぱいに埋めつくすと、奇声をあげて騒がしくはねまわるプロドハイマー＝フェンケンたちを押しもどした。

「おまえたちのプログラミングはおかしい！」と、水色毛皮の者たちは叫んだ。

「われわれはカルヌウム公爵を助けるのだ！」

「このブリキばか！　われわれに協力しろ！」

通廊じゅうに甲高《かんだか》い叫び声が響きわたり、武器にした道具の鳴る音がけたたましく反響する。いままでのところ、だれも手だしはしていない。一歩一歩、マシンたちはプロドハイマー＝フェンケンたちを追いつめる。シェレ・タクは、分岐ゾーンの上にあるコクピットのような場所で胸壁のうしろに立ち、黙ったまま下のカオスを見つめていた。

ガラス人はロボットをみごとにプログラミングした。ロボットたちは、ヒステリックに動く襲撃者を傷つけることなく、攻撃をうけながし、防御バリアでなんなく押しもどしている。最初の分岐通廊までくると、マシンたちは半円を形成してとまった。突進していたプロドハイマー＝フェンケンたちの波は分裂し、両わきへと押しやられた。

ターツはあえぎながら空気を肺へと吸いこんだ。

いま一度、すべてはうまくいった。しかし、その数秒後、またシェレ・タクはすくみあがった。またもやネストの一部が制御不能におちいったのだ。重力ジェネレーターを管理する装置の故障である。ネスト・コンピュータが迅速に非常スイッチを作動させるといいが、と、かれは声にならない恐怖のなかで願った。

ちょうどロボットと水色毛皮の補助種族が向かいあっている場所で、五十メートル以上の幅にわたって人工重力がきかなくなった。マシンが宙に浮かびだす。プロドハイマー＝フェンケンたちもいっせいに甲高い叫び声をあげ、興奮して手足をばたつかせながら、空中のあらゆる方向へ飛びはじめた。からだが旋回していりみだれ、たがいに衝突したり、ロボットの防御バリアにぶつかったりする。一瞬のあいだに、マシンと水色毛皮たちは解決できない大混乱を形成した。たがいの周囲をまわり、ぶつかりあい、壁や天井に衝突しては弾《はじ》きとばされる。ロボット同士がぶつかると、球状の防御フィールドのせいで反撥し、また四方八方へと散っていく。床にぶつかっては、プロドハイマー＝フェンケンをわきへ押しやり、なすすべなくアームを振りまわして、怒ったようなうなり音を発している。

ふだんなら、シェレ・タクは大笑いしているところだ。しかし、この場合は笑いごとではない。タークはアームバンド装置に三桁《けた》の数字を打ちこんだ。

ブザー音が、通信がつながったことを知らせた。

「こちら、シェレ・タク」と、急いで告げる。「デッキ八にある第二十七分岐点付近のカメラはスイッチがはいっていますか、チーフ？」

「いや。なにかあったか？」

「スイッチをいれて、自分でごらんください。このセクターで重力が喪失しました」

シェレ・タク自身のいるゾーンでも、ときおり人工重力がきかなくなる。かれは両手で胸壁にしがみつき、足はパイプの桟のうしろにひっかけていた。下では、騒音と制御不能の混沌がつづいている。

軽く押される感じがして、シェレ・タクはふたたび床におりた。黙ったまま、四十メートルもはなれていない通廊で回転し旋回している集団を眺める。

右側から低いうなり音が聞こえてきた。

あらわれたのは無蓋グライダーだ。重量のある機械部品や設備を運搬するために使用するプラットフォームである。そのせまいシートに、ムスールの群れがしゃがみこんでいた。一アイ人が操縦席にすわり、頭のくぼみを、非常事態におちいったことを知らせる表示機器のごとく明滅させている。グライダーは自動の重力・反重力システムを搭載しており、浮遊する者たちが大騒ぎするところにゆっくりと接近した。

アイ人ははげしいリズムで頭を明滅させる。

〈これがツァペルロウ公爵を自殺に追いこもうとしている狂人たちか!〉

かれのまわりでは、ムスールがさかんに声をあげている。

「打ちのめせ……からの機械室にぶちこんでおけ……マシンと戦っているやつらだ……ツァペルロウ公爵を救いだせ……」

ターツは身震いした。しだいに重力がもどってきたことに気づく。下でももどっているようだ。シェレ・タクは、チーフと指揮官が理性的に正しく対処してくれることを期待した。自分が確実に立てるようになるまで数秒待ち、つかんでいた手をゆるめると、斜路、階段、通廊を通って下に突進した。

「やめろ！　さがれ！」と、息も荒く叫ぶ。

シェレ・タクは、ずばぬけた体力の持ち主だ。それにくわえて、ネスト要員のほとんどは、かれが保安担当チーフの助手として責任ある立場であることを知っている。鈍く光る大型パラライザーを手にした、銀色に輝くトカゲ頭の決意みなぎる表情には、明確な言葉よりもはっきりと物語るものがあった。

力なく声をあげるプロドハイマー＝フェンケンたちとマシンが、ゆっくりとまた床におりてくるあいだ、アイ人はグライダーを停止させていた。

ムスールたちはターツに向かってクランドホル語でうるさくしゃべりかける。

シェレ・タクは、機首にパラライザーを向け、脅すようにいった。

「きみたちの計画はまったく無意味だ。公爵三人は気を失っている。コンピュータのプログラムに狼狽《ろうばい》したのだ。だが、だれも自白はしていない！」

〈道をあけろ！〉アイ人が興奮して明滅信号をつづける。

「あけるわけがない」ターツは叫び、グライダーに跳びかかると、わきへ押しやった。それから、機の側面にからだをつっぱって、グライダーを百八十度回転させた。

「きみたちがここで戦争ごっこをしていると、ターツが宿舎につっこむぞ！」と、どなる。「われわれ、中立的に行動しなければならない。それが命令だ」

「しかし、賢人はわれわれ要員に、真相究明のために協力せよと命令した！」ムスールたちは非常に興奮して騒いでいる。プロドハイマー＝フェンケンたちも、ようやく思いどおりに動ける状態となり、武器をひろいあげ、グライダーへ駆けてくる。ターツは、安全装置をはずしいつでも発射できる銃を腰に携え、いま一度ひとまわりした。叫び声がおさまるまでにはかなりの時間がかかった。ムスールとプロドハイマー＝フェンケンたちはしぶしぶ、ぬきんでて立つターツのまわりを、いびつな円でかこんだ。

シェレ・タクは、銃をホルスターにさし、なにかいおうとしたが、ひと言も発言することができなかった。いたるところに設置されたスピーカーが騒音を発したからだ。アルジャカとわかる聞き慣れた声が、通廊に響いた。

「こちら、指揮官」と、アルジャカ。「シェレ・タクの命令を聞くのだ。暴動目的で集まり、公爵たちを攻撃しようとしても、意味はない。ロボットたちが阻止するだろう」

ロボットたちは、通常の重力の状態にもどったとたん、ふたたび密集し、防衛隊列を形成した。

「賢人の命令を実行することは、われわれにまかせてもらいたい。手伝いが必要なときには、知らせよう」

ターツは、環状通廊のはるか向こうまでを指さし、

「きみたち、聞いたか。ちゃんと理解しただろうな？」

この比較的とるにたりない出来ごとが、全体にひろがる動揺の兆《きざ》しにほかならないこ

とを、ターツは瞬時に察知した。要員のあいだの興奮もやみがたく高まっている。女指揮官はつづけた。

「さらに重要なのは、修理部隊がじゃまされずに仕事を進められること。あぶなげなものや停止してしまうものは重力装置にかぎらない。デッキ二の空調室に障害が起きた。作業グループはそちらへ移動するように！」

「それから、あそこの前にある搬送ベルトも壊れている」ターツは声をかけた。「きみたちも、各自わかる範囲で対応してくれ」

アイ人がまだ反抗的に合図を送ってくる。

〈だれが裏切り者か、いまにわかる！〉

「もちろん」シェレ・タクは返した。「しかし、ムスールが公爵たちを不安と恐怖におとしいれたせいで、わかるのではない。さ、ばかげたことをするんじゃないぞ！」

ターツは場を和ませるために短く笑い声をあげ、いりみだれた群れが宿舎や作業場の方向へ去っていくようすを、黙って見ていた。プロドハイマー＝フェンケンたちとグライダーの一団が通廊の最後の曲がり角に消えると、緊張が解けた。状態はふたたび制御下におかれたのだ。

しかし、あとどのくらい？

シェレ・タクは司令本部へもどり、コンソールのはしにかがみこんだ。

「一件落着です、チーフ」

「われわれがコントロールできなかった最初の事件だ」アルジャカは認めた、「スクリーンを見てみろ。ツァペルロウ公爵が意識をとりもどした。いまいましいプログラムはそのまま進んでいる」

ターツはネストのクロノメーターを見た。

「わたしは自室へ行って、一、二時間、睡眠をとります。なにか用があれば、チルヤク、わたしがどこにいるかおわかりですね」

クラン人はうなずいた。シェレ・タクはキャビンへもどる途中、あちこち見まわり、ほぼ安心することができた。指揮官が望んだように、目下のところ静寂が支配している。しかし、このしずけさは、はなはだもろいものだった。

裏切り者はまだ見つかっていない。

＊

血管に液体状の火が流れているのかと思うほど、からだのあらゆる筋肉が痛んだ。痛みは体内を暴走し、思考をほとんど不可能にした。どんな些細《ささい》な動きであっても、酷使された筋肉組織が反応する。肺のなかから空気を押しだすだけでも、刺すような痛みがともなう。あえぎ、うめきながら、ツァペルロウは立ちあがり、目をしばたたかせてあたりを見まわした。調度品の角にしがみつき、手さぐりでベッドまでたどりつくと、その上になだれこむ。数分間のあいだ、大の字になってからだをのばし、自分の状況について考え、冷静に分析しようと試みた。かなりの時間をかけて、からだはおちつきをとりもどし、思考が冴えてきた。痛みも和らいできた。

ツァペルロウは自分をとりもどそうと努力した。そうしないと、次の段階をもちこたえられない。

これからまだ自分と同僚ふたりになにが起こるのか、まるで見当がつかなかった。ツァペルロウは、ネストの中央供給所から運ばれてきた栄養飲料を一杯飲み、洗面所でリフレッシュする。ネスト・コンピュータがそれを許可したことに驚いた。プログラミングのミスだろうか？

「賢人よ、わが友であり支配者よ」と、ちいさな声でいう。

汗にまみれた衣服を脱ぎ、テーブルへからだをひきずっていくと、小型日誌レコーダーのスイッチをいれた。

「グーとカルヌウムが憎い」ツァペルロウはとぎれがちにいう。「かれらは、わたしにのこされた最後の尊厳を捨てろと強要する。われわれのだれも、スパイであることを認めていない。わたしは次の段階の拷問に耐えられるように、ただいま準備をしている」

そこで頭をあげ、コンピュータ制御のクロノメーターの数字を頭に刻み、時刻を読みあげた。「ひとつ確実なことがある。第一艦隊ネスト内に、三公爵の友や同盟者はひとりもいないということだ。でなければ、賢人の命令がこのように卑劣なほどの正確さで厳守されることはないだろう。わたしにどれほどの時間がのこされているのかはわからない。しかし、きょうにでも、考えられないようなことについて自白を迫られるだろう」

そこでレコーダーを切り、クッションにすわった。キャビンはまぶしいほど明るく照らされていた。キャビン間の仕切り壁はそのままある。

ツァペルロウはくるべきショックを待ちかまえていたが、長く待つ必要はなかった。

＊

ネストは警報のもと、まさにはげしく揺れているようだった。施設全体が非常な混乱のなかにあった。ネスト・コンピュータは警笛やブザーやサイレンを鳴らし、赤や黄色やオレンジ色のランプをすべて点灯し、安全装置を作動させつづけた。ある場所ではハッチが開けられ、べつの場所では閉められた。ネスト・コンピュータはスクリーン上に情報を、慎重に決められた順番にしたがって流した。このスクリーンは、公爵のキャビンにある大プロジェクション画面とも連動している。

〝デッキ一の空調装置が完全故障〞

〝訂正情報。空調制御の外部エレメントが未確認のアイ人三名に攻撃された。監視し追跡した結果、このアイ人たちはほかの二グループと連絡をとっていたことが判明〟

〝グループ拡大の目的は、カルヌウム公爵への攻撃のため。空調装置の故障は陽動作戦。武装したアイ人が異なる四方向から三公爵のキャビンへ接近中〟

〝警報発令！〟

ツァペルロウは黙ったまま、猛烈な速さで流れる情報を読み、このニュースの裏になにが迫っているのかを見きわめようとした。ふたつめのスクリーンにスイッチがはいり、アイ人の映像が次々にうつる。宇宙服や作業服姿のガラス人たちが、追いたてられるように通廊を走っていた。二、三人が集まっては、短く謀議し、はげしく頭部を明滅させながら先へ駆けていく。

文字がスクリーンから消えた。

すぐにあらたな文字列があらわれる。

〝注意！　グー公爵が逃亡をくわだてている。自分の居室下にあるキャビンへ通じるハッチを爆破し、連絡通廊三＝七を使用中。逃亡しようとしているのは疑いない。裏切り者であるかもしれないしるしである。格納庫をめざしている〟

〝訂正情報。グー公爵の行く手には反重力シャフトがある。監視担当のターツは、連絡通廊のシャフト出入口へ！　ネストル・コンピュータが逃げ道を見張り、適当なところで介入する〟

〝ツァペルロウ公爵とカルヌウム公爵に警告！　キャビンから出ないように！　通廊に全グループのメンバーが待ちかまえ、裏切り者に制裁をくわえようとしている〟

〝警告！　ボルクスダナーは全員、自分の居室にとどまるように。生命の危険あり。ロボットとターツに踏みつぶされる可能性あり〟

〝アイ人プログラミング部隊は、ただちに第四副制御室へ！　ネスト・コンピュータからのエネルギー供給が脅かされている！〟

〝警報発令！〟

スクリーン上で大きくなったりちいさくなったりしていた文字が、最後には立体的になり、接近したり遠ざかったりするように見えた。それと同時に、ツァペルロウが現在見わたすことのできる範囲の、すべてのドアと通廊が開いた。外からはけたたましい警報が鳴りひびいてくる。ネストの重要部分が本当に故障したらしい。スクリーンの映像がそれをしめしている。

「わたしはどうしたらいいのか？」ツァペルロウは自分に問いかけ、武装したターツたちが半自動の小型グライダーに跳び乗り、格納庫の方向へと飛んでいくさまを見ていた。おちつこうと、持てる力で自分に強いた。立ちあがり、キャビンの開いた出口へ向かい、そこで立ちどまる。ツァペルロウはすっかりとほうにくれていた。賢人によってひきおこされた状況は、もはや指揮官や直属の部下でさえコントロールできなくなっていたからだ。

＊

細長いハッチが勢いよく開き、音をたてて壁にあたった。シェレ・タクは目を光らせ、そちらを見る。まばたきしながら起きあがると、啞然とした。武装し防護ヘルメットをかぶったターツのグループが、かれのキャビンに押しいってきたのだ。

「またこんどはなにが起こったのだ？」ターツは息を吐き、眠気をさますために頭を振った。見ると、ちょうど三時間ほど眠ったことがわかる。まだくたくたに疲れていた。

「警報だ！」一体のターツが興奮して叫んだ。「リスカーたちがやってくる」

「リスカーが？」と、シェレ・タク。「よりにもよって、リスカーはなにをたくらんでいるのだ？」

「グー公爵の逃亡を阻止しようとしている」

シェレ・タクは冷たい炭酸飲料を一杯、急いで流しこむと、武器ベルトを締めた。

「それで？」

「食いとめなければ。想像してみてほしい。リスカー百五十体が、格納庫のなかを走りまわって公爵を探すのだぞ」

「わたしが最後にチーフと話した時点では、公爵は自分たちのキャビンで朦朧《もうろう》としていた」まだすっかり目ざめていないシェレ・タクは説明する。「そんな状況で、逃亡をはかるなど、ありうるだろうか」

「ネスト・コンピュータがそういったのだ。ネストじゅうに警報が出された」

「それで、われわれは？　格納庫まで走らなければならないのか？」

「いや」べつのターツが叫ぶ。「外にロボット車輛がある。さ、いっしょにきてくれ」

シェレ・タクは拒否する身ぶりをした。

「その前にチルヤクと話さなければならない。それがわが任務なのだ、諸君！」

ターツたちは故郷惑星の言葉で早口に話しあい、ほんのときおり、クランドホル語が聞こえてきた。これらのターツたちも、ネスト内部で広範囲な意味での〝軍事的〟と称せられる任務を負っている。平穏のためにつくし、必要があれば、とくに保護するべき貴重な対象物を警備し、行方不明者や失踪者を捜索し、緊張関係から争いにならないように、揉《も》めごとが起きても大事にいたらないように処理する責任を負っているのだ。公爵のひとりが、自室キャビンだけにとどまらず、封鎖された客用セクターまでもぬけだすことに成功したとは、シェレ・タクには考えられなかった。かれは仲間のひとりをわきへ押しやり、インターカムのコードナンバーを押した。

スクリーンが明るくなり、第二調査官のオフィスがうつった。だれもいない。デスクのうしろの映像のみが、音声もなくスクリーン上に送られてくる。映像はすぐにネスト司令本部へと切りかわった。チルヤクとアルジャカが、奥のコンソールにかがんでいて、異なる十一グループと同時に話しているらしい。点滅するスクリーンとスピーカーから呼びかけるたくさんの声で、どれほど大変な混乱状態であるかが見てとれる。

ターツは深呼吸をし、どなった。

「チーフ！　リスカーをおとなしくさせましょうか？　かれらはグー公爵のたてがみをほしがっています！」

「だれが？　なんだと？」クラン人は司令本部の騒音のなかからどなりかえす。

「グーが格納庫へと逃げたそうなんですが。リスカーがそれを追っています。介入しますか？」

「リスカーを連れもどせ！」チルヤクはすこし考えてから命令した。「ここは、すべてが制御不能となった」

「了解！」

シェレ・タクは、仲間へ向きなおり、きびしい口調でいう。

「行くぞ。いまいましいリスカーを阻止するのだ！　それにしても、どうしてこのようなことに？　だって公爵たちは……」

かれらは大きな無限軌道のついた車輛二両のほうへ歩いていき、シートによじのぼった。三両めも待機している。全車輛はその場で向きを変え、速度をあげて疾走した。シェレ・タクは、操縦士のすぐうしろにかがんで、周囲を注意深く見ていた。

睡眠中にみた荒唐無稽な夢からさめやらぬ疲れのなかにいる。だが、実際にネストのなかのどこもカオスが支配しているのだ。のこっている少数の要員が、この巨大なネストの無人セクター内に迷いこんでいる。ふたつの経過が考えられた。ひとつは、少数ゆえ危険な大集団にはならない、というもの。もうひとつは、反抗的な狂暴化したグループでもかんたんに制御下におけるだろう、ということである。

「間違っている！」シェレ・タクは怒る。

操縦士は一瞬、頭をまわして、たずねた。

「なんのことだ？」

「賢人を批判したくはないが」ターツは率直に答える。「裏切り者の公爵を暴くために、よりにもよってわれわれのネストを利用するなど、まったく気にいらない」

とはいえ、かれがこれからもいかなる命令でもしたがうだろうことは、明白である。批判は許されるが、ここまで紛糾してしまうと、もはやなにも役にたたなかった。

「賢人はああいい、公爵はこういう」べつの監視担当が答えた。「われわれには選択の余地はない。ところで、リスカーはどこにいるのだ？」

「わたしが知るわけないだろう？　きみたちがわたしを連れだしたんだぞ！」シェレ・タクは答える。

「われわれはネスト・コンピュータから警告をうけたのだ」

「それでは格納庫を捜索してみよう」

逃亡中の公爵が高確率でいると思われるのは、巨大なドームの外側にある環状の宇宙船発着場のデッキと同じ階だ。ネストのはしからはしまでのびるこの階の下にあるのは、からの格納庫だけで、巨大なエネルギー・ステーションと、ネスト移動のための設備がある。これらの区域は現在は使用されていない。ネストの次の移動がいつ計画されるのかは、だれも知らない。そのような移動がいつかまたあるとすればの話だが。つまり、捜索範囲はかぎられている。上半球のドーム形の巨大領域ということだ。

「格納庫のどのあたりだろう？」操縦士がたずねる。

「下のセクターだ。そこには最小の船団がある。ふつうの宇宙船一隻では、公爵でさえチャンスはない」

「そうかもしれないな」

かれらは全員、ネストのすみずみまでほとんどの通廊を熟知していた。小隊列は環状通廊の一部を次々と疾走し、斜路を滑降し、左や右に曲がった。通廊の照明や明滅する警告ランプや投光器の光のなか、単独の要員や小グループがあらわれ、興奮して下に疾走していくターツたちを見つめる。いまや、トカゲ生物二十五体からなる部隊が、ネストの無人地帯に集結していた。

背後からシェレ・タクの同胞が声を発した。

「われわれはだれも見つけない。ここはすべてが死にたえている!」

「待て。いまに、かくれているグー公爵が行動を起こすだろう」

「それで、リスカーはどこだ? 一体も見えないぞ」

「ここにいるのなら、見つかるはずだ」

「なんという楽観だ」シェレ・タクがうなる。

複数の斜路と通廊が分岐する個所で、グループは分かれた。車輛も分かれた。その時点まで、ターツたちは、なにもだれも見つけることはできなかった。シェレ・タクは、この狂気がいつまでつづくのだろうかと、自問した。

6

ハッチ閉鎖によって守られた上階の一デッキには、ネストのなかでも最重要に属する部屋がある。現在のところ、このひろびろとした部屋にいるのはアイ人ふたりだけである。アイ人たちは、かれらの指に充分あうようにつくられたボタンのついた、多数のコンソールにとりかこまれている。大小のモニターがすくなくとも百二十基、作動していた。発光信号や曲線や図表が画面上で動いている。

ムシカが画面のいちばん上の列をさししめした。モニターは、ネスト・コンピュータが監視機器を作動させた全デッキと全室のようすを再生している。

〈コンピュータの自白強要プログラムはまもなく終了する〉と、ムシカが明滅信号で話しかける。〈プログラムは、それぞれの公爵にぴったりと調整されたものだった。グーはツァペルロウが連絡艇で逃げたと思いこみ、そのツァペルロウはカルヌウムが逃亡を試みたことを聞き……といったぐあいだ〉

〈では、つづいてどのプログラムを流そうか？〉ニャウゴンがたずねる。ふたりのプログラミング専門家はここにひきこもっていた。実際のネスト・コンピュータはべつの場所にあるが、ここからプログラミングすることができる。これまでは、水宮殿からの多少とも具体的な指示があった。

〈ここにある。三公爵たちの友や知人に関係するものだ〉ムシカが説明する。

〈まだスタートさせるのは待て。その前にアルジャカと話そう〉

〈わかった。公爵たちはどこだ？〉

〈モニター上に見えるだろう〉

〈いま見ている。実際にはどこにいるんだ？〉

〈スクリーンを見ろよ！〉ニャウゴンは皮肉をしめす明滅信号を送った。

三公爵のキャビンは明るく照らされていた。そのセクターの監視カメラはすべてスイッチがいれられ、完全にネスト・コンピュータの制御下にある。ドアもハッチも開いているのに、公爵たちはだれもキャビンから出ていない。

リスカーたちはどこへ走っていったのか？

ターツたちはなぜリスカーのあとを追っているのか？

なにが起こっているのか？

ニャウゴンは有柄眼を前方にのばし、ネスト・コンピュータからのさまざまな表示を集中して観察した。目下のところ、状況はおだやかなようであるが、問題は解決していない。公爵たちをさらに深い苦境におとしいれるためのプログラムをいくつか、さらに呼びだすことができる。ニャウゴンは明滅信号を出しながらいう。

「アルジャカは、この拷問がどのような経過をたどると考えているのだろう？」

「自分できいてみろよ」

ニャウゴンは自分の持ち場をはなれ、ネスト司令本部につながるインターカムのスイッチをいれた。そこは混乱のまっただなかだった。要員があわただしく動きまわり、ホログラムが重なりあってまたたいている。そのなかで、クラン人のアルジャカとチルヤクが、概略状況を見失わないようにと努力していた。

クラン人たちは、あまりにとりこんでいて、補助スクリーンにも注意をはらわない。ニャウゴンは、緊急呼び出しスイッチを押しつづけた。インターカムの警告ランプが忙しく点滅した。

ネスト・コンピュータは、ネスト内で起こっていることを正確に表示していた。

全システムが作動している。

だが、ネストの下部区域では相いかわらず、すべてが支障をきたしていた。補助種族たちのキャビンはほとんど無人で、居住者たちはドーム下部のどこかを動きまわっている。リスカーの三グループが宿舎で多数のムスールと殴りあっていた。ネスト・コンピュータがその部屋に麻酔ガスを注入し、異なる二公爵の支持者たちは眠らされた。

「ムシカ！」スピーカーから声がした。

アイ人ふたりは、インターカムのスクリーンに注意を向けた。

〈アルジャカ指揮官。われわれ、どうすればいいですか？　どのプログラムを？〉ニャウゴンは呼びかけ、皮膚のしわをいじった。

「十分間待て。こちらでいま、やることがあるから」

〈了解〉ニャウゴンは信号を返した。

かれは手をおろし、黙って次々にモニターを見た。コンピュータは概略状況をつかんでいるが、現在のところ、すくなくとも二百はある各部屋に全情報を送る状態にはなかった。

いくつかの装置がとまった。無人セクターでの被害が大きくならないように、この区域が遮断されたのだ。このようなことがこれからも起これば、本当に重大な被害によってネストがなかば壊滅する危険が大きくなる。

しばらくして、アイ人ふたりは、実質上すべての要員がこの争いに介入していることを理解した。ただし、ちいさなクモ生物ボルクスダナーだけはべつである。揉めごとや白熱した論争に巻きこまれたら、落命する恐れがあるからだ。戦いに勝つにはあまりにちっぽけで非力だった。しかし、かれらはかれらなりに、対抗するグループの重要設備や宿舎を破壊したりして、いやがらせをしようと試みていた。コンピュータは、この点にまだ完全に注意をはらっていない。

ターッ部隊は、平和をたもつべく、ネストのあらゆる部分を見まわっていた。

十分以上たってから、指揮官がプログラミング専門家ふたりに連絡してきた。

「この混沌を収拾しなければならない。公爵たちが旧友からとがめられる内容のプログラムを実行せよ」

ニャウゴンは明滅信号を送った。

〈了解。スタートします！〉

かれはスイッチを押した。多数の警告灯や鳴るサイレンをしりめに、三公爵についての次なる、さらに強烈で鮮明な映像がスクリーンにうつしだされた。

過去からの人物たちがあらわれ、公爵を糾弾《きゅうだん》する。グー、ツァペルロウ、カルヌウムそれぞれに専用のプログラムがあった。情報は水宮殿から、つまり全知の賢人から発せられている。過去が鉤爪をのばし、とっくに忘れさられた認識の渦に公爵たちをひきずりこもうとしていた。

それでも三人の抵抗力は、いまだにくじかれていなかった。それぞれ自室キャビンですわり、あるいは立ち、あるいは横になって、パニックにおちいることも心中を吐露することもなく、告訴内容を聞いていた。

＊

グーは、ふたたび足もとの厚い金属製の床が揺れ、震動するのを感じた。目標はただひとつ、生きのびること。拷問に耐え、自分がライヴァルふたりと同じくらいか、もっと抵抗力があることを、いかにしても証明するのだ。グーは、自分がコントロールを失う限界に近いところにいると知っている。これ以上いくと、自分に責任が持てなくなって、事故にあったり死んだりするようなことをしてしまうかもしれない。いまはもう最初のショックからは、たちなおっている。しばしの休息が、思っていたよりも、ずっと力づけてくれた。これから次のラウンドがはじまる。このあからさまで悪意に満ちた恐怖から逃れるチャンスはほとんどない。自決でもしないかぎり。

しかし、それをする理由はなにもない。

グーは賢人に対して多くを負っているが、生命まで捧げる義務はないのだ。いつもひそかに自分自身にいいきかせていることがある。賢人も間違いをおかすかもしれない、ということだ。

一連の人物たちが大型スクリーン上にあらわれた。

それは、グーの青年時代の友たちや両親であった。ツァペルロウやカルヌウムも、参加者だけを違えた同一のプログラムを、がまんして見ているにちがいない。この、個人的記録ライブラリの構成要素としてあらわれたすべての者が、公爵をきびしく非難した。息子はまだ少年だったころから奇妙な行動をとっていた、と、父親が報じる。グーは身を縮めた。

父親にかわり、こんどは母親が、息子の同じような過ちを非難する。もう死んで久しい親友のひとりは、十二基のスクリーン上にあらわれ、グーの記憶をたどる手伝いをした。当時……と、友は訴えるように報告する。自分とグーが〝例の〟ターッに会ったさい、もしも条件にしたがうなら富と権力を約束するといわれたのだ、と。

その友もまた、次の言葉とともに姿を消した。

「いまになってはじめて、わたしは正しく判断することができる。グーよ、名のりでるんだ。ネストの要員ときみの友ふたりを、これ以上苦しめるな。賢人にいうのだ、きみが裏切り者であると」

グーは無言でかぶりを振る。こんどはターッの一教師がうつしだされた。トカゲのからだがキャビンのいたる場所に同時にあらわれ、言葉が十二のスピーカーから流れてくるのは、強烈な印象だった。その不気味な姿の背後では、べつの複数の人影が、グーが裏切り者であることを証明しようと待ちかまえ、次々と鋭い声をあげている。

詰問と非難が、絶え間なく浴びせかけられた。

ネスト・コンピュータはモデルの原型情報を調査して、〝実物〟の相似体を作成していた。あらわれる姿は、あたかも生きているようにふるまう。かれらは公爵に無理強いするがために、記憶と過去からあらわれるのだ。

グーは相似プロジェクションからあとずさりした。背中が壁にあたり、パニック状態で振り向くと、そこにうつるプロジェクションの顔を凝視した。それはかれの最初の恋人だった。彼女のひきいる宇宙船が破壊されたと知らされてから、何年間も悼んできたのだ。だが、いま彼女が生きかえったのは、自分の姿を見て声を聞いている全員に対し、グーの過ちをあげつらうためなのである。公爵の手足が震えた。プロジェクションに近づきすぎて皮膚を火傷《やけど》し、跳びあがる。ドアは開いていた。グーはキャビンから走りでた。開口部から左右十メートルにわたり、防御バリアをはったロボットが立っている。あわててあたりを見わたした。ほんのわずかな感情的動揺が噴出し、喉もとで叫びが振動した。どこでもいいから逃げたいという願いが大きくなってくる。開かれたドアから、若い女クラン人の声が迫る。聞きまちがうほど似た声が……いや、ぜったいほんものだ！　つらい思い出の巨大な波が打ちつけてくる。

幅広のおちついた色調の通廊には、まだ警告ランプが揺らめいている。遠くからサイレンやつきぬけてくるブザー音が響く。マシンの二重の列は壁のように無言でたたずんでいる。グーはかつて親しんだ声を耳に感じたまま、前方へ跳躍し、目の前にあるハッチの把手をつかんだ。異様な色模様の金属床をろくに見やることもせず、この向こうになにがあるのかも知らない。ただ、開いたハッチから暗い部屋に転がりこむと、そこにちいさな非常用照明がふたつあることだけは認められた。徐々に暗がりに目が慣れてくる。公爵はハッチを勢いよく閉めて施錠した。

静寂と闇にとりかこまれる。

それは突然に訪れた安堵であり、ポジティヴな歓迎すべき衝撃だった。暗闇としずけさが、たがいの作用を高めあっている。グーは壁にもたれかかり、収縮した筋肉を解きほぐそうとした。深く息を吸って、自分にいいきかせる。たったいま、状況変化への第一歩を踏みだしたのだと。言葉と騒音は、暗い空間に弱々しく聞こえてくるのみだ。グーは空虚な部屋のなかで、腕をのばして手探りした。そこは大きなキャビンで、ついいましがたまでいたところとよく似ていた。

奥のほうには大きく開いた出入口があり、通廊が見える。

「できるだけ早く、耐えがたい中傷プログラムからはなれなければ」と、あえぐ。

この逃亡が偶然のおかげであること、すぐに捜索が開始されるだろうことは、明らかだった。三人の獲物のうち、ひとりが消えてしまえば、すぐに気づかれるはずだ。ネスト・コンピュータやほかの監視部隊は、このハッチに施錠することを忘れたらしい。

公爵はキャビンを急いでつっきり、開いている出入口をぬけた。そこは幅のせまい通廊で、閉まったハッチがいくつもつづいている。かれはこの通廊部分をできるだけすばやく、しずかにぬけようとした。ハッチをひとつずつ慎重に閉めるたび、外の騒音がちいさくなっていく。百歩ほど進むと、ふたたび閉鎖したハッチに道をさえぎられた。

「いま、どこにいるのだろう？」かれはちいさな声で自問する。

心身の負担をともなう絶え間ない攻撃の日々がつづき、グーにはもう分別ある思考がほとんどできなくなっていた。からだはかなり早く回復しそうだが、心は休まらず、感情の嵐が荒れ狂っている。だれも信用できない……おのれさえも。ほかのふたりの公爵たちとのつながりがなくなったことを悲しい気持ちで理解し、賢人とネスト指揮官を呪い、この騒動を恐れた。もしも身をかくせる場所が見つからなければ、これから自分の身になにが起こるのだろう。

グーは用心深く把手をつかみ、このハッチも開けた。黙ったまま頭を隙間に押しいれると、あたりを見まわした。目の前に、弱く照らされた上へつづく斜路と、それに交差する通廊と、反重力シャフトの出入口がある。ロボットは見えなかった。ターツも、プロドハイマー＝フェンケンもいない。ただ、警告ランプが点滅していた。警報音は、いつもと違ってしずかだった。

「どっちへ行く？」

公爵は身震いし、大きな歩幅で跳ぶように走り、あえぎながら斜路をあがった。そこで自分が丸腰であることに気づいた。それだけではない。喉が渇いて、空腹だ。精根つきはてており、眠りたかった。このネストで、難民よりもひどい状態だった。咳《せ》きこみ、汗をかきながら斜路のてっぺんで立ちどまると、ふたたび四方の安全を確認した。やはり、だれもいない。ここでは監視カメラのスイッチさえはいっていないし、コントロール・ランプもついていなかった。

グーはのこる力のすべてを出して、そこからつづく環状通廊を急いだ。施設のなかでもこの部分については知らなかったが、不安がかれを先へと駆りたてた。つまずきながら、やみくもに、できるだけ速く進む。前へうしろへと逃げ、あちこちを歩きまわり、だれからも見つからないような一画を探した。

過去からの声さえも探せない場所を。

＊

黒い毛皮の生物が、興奮して触手をくねらせながら集まっている。呼吸マスクをつけた、四十体ほどの陰気なリスカーだ。かれらが動きだすと、四本脚の上にある楕円形の胴体が前後に揺れた。一体ずつ次々に宿舎をあとにし、ひと言も発さずに、天井の低い通廊を移動していく。口で発音できないほど長くむずかしい個体名を持つこの生物は、触手四本を使って、あらゆる整備作業をきわめて器用にこなすのだが、いまはその触手でさまざまな道具を運んでいた。

一リスカーが、コルドス＝リスクの慣用句でいくつかの言葉をささやいた。

ほかの者たちも、陰鬱な鈍い声をそろえて返答した。

スクリーンでは、公爵ふたりが自室キャビンにいて、だれかにいれかわりたちかわりとりかこまれているようすが、はっきりと見える。モニター上、もしくはスクリーン前のプロジェクション・フィールドにいる者たちが、公爵に向かって、さんざんどなりつけている。公爵たちはどちらもほぼ同じような姿勢で身をこわばらせている。

キャビンのまんなかでよろめきながら、なんとか立っている状態だ。

公爵たちは本能的に、全スクリーンから、まったく同距離をとっていた。ふたりとも、耳をふさぐと同時に手で目をかくそうとしている。ときおり、どちらか一方が熱に浮かされたように、大きなからだを揺する。公爵ふたりが精根つき、立っているだけで必死であることは、リスカーたちにも察知できた。

三つめのキャビンは無人だった。ハッチが開いている。いましがた、司令本部から、公爵グーを探せとの命令がきたのだ。

全ロボットが活性化され、巨大なネストのなかで逃亡中の公爵を探している。

ターツ部隊の姿は、いまのところ見えない。このリスカーたちも、命令にしたがって動いていた。どんどん数が増えていき、一行はネスト・コンピュータが公爵のいそうな場所としてあらたに推測した方向へなだれこんだ。すると、ふたたび足もとの床が震動した。ネスト・コンピュータの過負荷により、技術設備の一部がまた制御不能になったのだ。

リスカーは事前に打ちあわせなくても、自分たちのやるべきことがわかっていた。もしも公爵グーの捜索中になにかの故障を発見した場合、修理可能なら遅滞なく修理する。できるかぎり、その場所からほかのメンバーを撤退させないように。

すぐに数カ所、ケーブル接続の故障が見つかった。振動によって古びた接続個所がゆるんでしまったのだ。リスカー四体が四方へ散り、エネルギー供給を切り、代替部品が収納されている壁の引き出しを開けた。触手がヘビのように動き、工具の作業音やうなり音が響いた。かんたんな作業は、迅速にかたづけられた。四体は、すでにべつのセクターで反重力装置の修理をはじめている仲間のあとを追った。

リスカーたちは、公爵グーを探した。しかし、それは裏切り者を暴くためでも、グーに自白を強いるためでもない。公爵をほかの者たちから守るためである。リスカーにとって、公爵が自室からぬけだせたことは、なにもかくしごとがないという証明なのだ。グーは、自責の念によってその場にとどまることを強要されなかったのである。

リスカーたちは、ネストの上部セクターを各階ごとに探った。故障を見つけると、できるだけすばやく修理しつつ、探しつづけた。まもなくグーを見つけられると信じながら。

＊

女指揮官アルジャカは、もう三カ月もなにも食べておらず、眠ってもいないような感覚に襲われていた。目は疲労のせいでちいさく落ちくぼんでいる。どんなかたちでもかまわないから、終わりがきてほしい、と願っていた。

その隣りにいる第二調査官チルヤクは、体力的な余裕はあったが、アルジャカ同様、疲れていた。

スクリーン上には、いまだに混沌の痕跡が見てとれる。個々の兆候は変化しているものの、場所が移動しているだけである。ドーム下部セクターのほぼ三分の一は立入禁止で、エネルギー供給もとまっていた。

「クランの光にかけて」アルジャカはかすれ声で、「グー公爵はどこにいる？」

アルジャカは痛む目でスクリーンを見ている。チルヤクは、通廊、分岐、斜路を何度もくまなく探した。ミュージシャンのように鉤爪をキイボードにすべらせ、ときどきマイクロフォンに向かって叫ぶ。ネストのどこからか、棒立ちになったターツかクラン人が、グーは跡形もなく消えた、と、応じた。

「わたしが自分で探します！」チルヤクは一時間後に叫んでいた。「もう一度このプログラムをくりかえすのは、むだなことです！」

「たしかに、これ以上の進展はないだろう。ツァペルロウとカルヌウムはほとんど不安と恐怖の一線をこえている」

ネスト・コンピュータが公爵の過去にまつわる人物たちに非難させるのをやめたとたん、ロボット部隊が踏みこんできた。ニャウゴンが完璧にプログラミングしたマシンだ。ひとつの部隊は、グーを探せという、急に変更された命令をうけて、いまも移動中である。技術によりある程度の知性は持っているが、キャビンに突入することはできない。ほかの二部隊は、開いているハッチから公爵たちのキャビンにはいった。ツァペルロウとカルヌウムを直接、正面から攻撃しようというのだ。攻撃がはじまると、コンピュータは過去プログラムを消去した。

ロボットの容赦ない無音の攻撃は、公爵たちをあらたな恐怖と絶望におとしいれた。もちろん、ロボットは狙いをはずして撃ったのだが。一部隊がキャビンをめちゃくちゃにすると、ふたつめの部隊が割りこみ、公爵たちの命を守るという口実のもとに、襲撃者をしりぞけた。何百もの銃声が響き、自動消火装置が作動する。濃密な泡と粉末からなる消火剤が噴出し、キャビンに充満した。

カルヌウムは、ほぼ全壊したキャビンのまんなかで倒れた。

ツァペルロウだけはまだ意識があった。かれはもはや、数日前にネストに足を踏みいれたときの誇り高い格別に大きな公爵ではなく、自分自身の影でしかなかった。目の横と耳のまわりのたてがみは、カルヌウムと同様に、白くなっていた。しかも、それは数時間のうちに変わってしまったのだった。

チルヤクは目をしばたたかせて、スクリーンに見いり、敬服の念をおぼえた。壊れたロボットがキャビンのすみに横たわっている。マシン数体から細い煙がたちのぼっていた。玉虫色の水がたまった床の表面には、無残なビームの跡が縦横にのこっている。大部分のスクリーンは破壊され、その破片が、黄色みを帯びた粉末消火剤の残留物と混ざりあっていた。

破損を逃れたスピーカーから、騒々しいコンピュータ音声が聞こえる。ケーブルがひきちぎられ、擦りきれた束になって、溶解した壁から垂れさがっている。その場所はビームによって錠前が溶けおち、べつの個所ではドアロックがえぐられている。

最後にのこったロボット一体が、最初の攻撃で破壊されたマシンの残骸のあいだを進み、出ていった。

ツァペルロウは、夢のなかにいるような動きをしている。一歩一歩が重労働で、おのれに鞭打《むちう》っているようだ。耳の上のたてがみは焦《こ》げ、手ははげしく震えている。ツァペルロウの喉からは、チルヤクもアルジャカも理解できない、ろれつのまわらない音が出てくるのみだった。

「かれは逃げないだろう」指揮官はそういって、重い腰をあげる。

「もう逃げることができないのですよ」第二調査官がつけくわえ、いくつかのモニターを切った。「リスカーやターツやプロドハイマー＝フェンケンたちが、あそこにたどりついて、それぞれの支持する公爵の味方についたら、どうなるでしょう？」

「ツァペルロウもカルヌウムも、反応できまい。わたしにもわからないが」アルジャカは認めると、湯気をあげている器具のレバーをひいて、ユウクという鼻につく酸っぱいにおいがする、真っ赤な液体を注いだ。汗臭いにおいがあたりに漂う。指揮官はなみなみと注いだカップを、チルヤクの前にあるコンソールの上に置いた。

ふたりは黙ったまま飲んだ。しかし、ユウクが覚醒作用を起こすには、ふたりのからだはあまりにも疲れきっていた。

「賢人が新しい命令を出すまで待ちますか？」第二調査官が提案した。

ふたりとも、たがいの考えに影響をうけたわけではないのに、賢人の行動について同じことを考えていた。しかし、それには触れないでいる。自分たちも現況について賢人と同じくらい知っているとはいえ、賢人の判断を批判するなど、とうてい不可能だからだ。この、水宮殿にいる不可視の者は今日までつねに、例外なくポジティヴな存在とされてきた。賢人にとって、クランの世界観および拡大政策に対する脅威は、実際、ネストの要員たちが想像するよりも深刻なようである。あとになれば、自分たちにもわかるのかもしれない。ネストの要員は公爵たちに大変な同情を感じているが、それでも、故意の背信への非難は大だ。

「まずはよく考えてみよう。われわれはネストを何度もあぶない目にあわせてきた、チルヤク」しばらくの間をおいてから、アルジャカは答えた。

「早く修理に全力をかたむけなければ、修復可能な損害がカタストロフィに変化してしまいます！」チルヤクが断言する。飲み物は舌を火傷しそうなほど熱かった。

「あそこ！」突然、指揮官が声をあげた。「ツァペルロウだ！」

チルヤクは、モニターの映像を拡大した。公爵が荒れはてたキャビンを出ようとしている。ハッチ枠まできて立ちどまると、そこにもたれかかり、顔を手のなかにうずめた。それからからだをひきずり、目が見えないかのようによろめきながら通廊をくだっていった。百五十メートル先に、使用可能な反重力シャフトがある。

「自分がどこへ向かっているのか、わかっていない！」しばらくしてから、チルヤクは確信した。「近くにターツたちはいるのでしょうか？　ロボットは？」

ニャウゴンがのこりのマシンのプログラミングを除去したので、すこしのあいだ、公爵たちのキャビンが無監視状態だったのだ。チルヤクは決然としていった。

「わたしがいって、公爵を連れてきます」

「ツァペルロウになにをするのだ？」

「あのようすは、まるで……わかりませんが、自殺するつもりなのかもしれない」

「充分にありうる。では、かれが裏切り者ということか？」

「すくなくともわたしにはそう見えますが」調査官はかすれ声でいう。「実際に行ったほうがいい。キャビンに連れ帰り、閉じこめておきましょう。もしわたしの姿をモニターで追跡できなくなったら、こちらから連絡します」

アルジャカは、長いことチルヤクをまじまじと見ていった。

「わかった。かれと話をしてもらいたい」

「まだかれが話せる状態でしたらね。わたしが行くのが遅すぎなければいいのですが」

チルヤクは司令本部から走りでた。ハッチは開けっぱなしだ。公爵の現在地も、そこへの最短の道程もわかっていた。ツァペルロウがシャフトで浮遊する前に、追いつくことができるだろうか？　浮遊する？　そんなことができるはずはない。無力に落ちて、ネスト下部のどこかに墜落するのが関の山だろう。

チルヤクは、跳躍するような大きな歩幅で搬送ベルトまでくると、次のシャフトへ向かった。その長いシャフトがどこに通じているか、頭のなかで再構成してみて、いわゆる〝赤道面〟の二階層下のデッキで終わっていることを思いだした。代替部品の倉庫や、ネストのエンジン用のエネルギー反応炉がある区域である。

「よりにもよって、あそこへか！」チルヤクはうめき、シャフトに目を向けた。数秒後にそこからはなれる。そのとき、公爵がよろめきながらべつのシャフトに飛びこむ、というよりも、落ちたのが見えた。

そこまでの百メートルを、チルヤクは疲れはてていたにもかかわらず、すばやい連続ジャンプで走破した。反重力フィールドを漂いながら降下していると、はるか下方に公爵の姿が見えた。身動きひとつしない豆粒のようにちいさな影だった。

ツァペルロウがふたたび動き、ふらつきながらシャフトからやっとのことで出ていくところまでを、チルヤクは目で追った。もどかしさでいらいらしながら、自分自身がその地点におりたつまで待つ。シャフトを出ると、完全なる闇の巨大な空間に立っていた。慎重に前進しながらも、自分の不注意に悪態をついた。通信機は司令本部のコンソールの上に忘れてきてしまったし、投光器さえ持ってこなかった。前方からは、一連のエコーのせいで聞きとれないほどだったが、早足の足音が聞こえた。公爵は、もう駆けられるほどに、そんなに早く回復したのだろうか？

「とまりなさい、公爵！」チルヤクは叫んだ。

返事はない。足音はどんどん遠くなる。

チルヤクは出入口のあたりを両手で探る。いくつかの太い配線の束や、ずっしりとしたスイッチも見つけた。スイッチをかたむけたところ、手が油でぬめる。鉤爪の下では、古びた器具のなかで細い電光がはぜて音をたてた。天井灯の列にスイッチがはいり、この空間の大きさと高さが見わけられるようになった。壁にそって金属製の連絡橋がつづき、床には、フランジで継ぎあわされた巨大機械の動かないブロックがある。太古の黒い動物がじっとかがんでいるようだ。天井灯のいくつかはもう正常に作動せず、点滅する光を下方へ投じている。機械は真っ暗な影のなかに半分かくれていた。

「ツァペルロウ公爵！」チルヤクは叫びながら、金属階段を急いで駆けあがった。階段は、その上にとりつけられた二番めの連絡橋へとつづいている。「あなたを助けにきました！」

公爵が沈黙しかくれている事実の持つ意味は大きかった。チルヤクの心のなかに、裏切り者を見つけたかもしれないという疑念が募ってくる。逃亡者の動きひとつ、光と影の変化ひとつも見逃すまいと、視線を下に落とした。

「なにも見えない！」

調査官は、音をたてずにできるだけ早く連絡橋の先端までたどりつこうと試みた。探るように鉤爪を手すりに這わせる。手をひっこめると、薄い毛の上にわずかな埃がのこるだけ。かれには公爵の痕跡も見わけられず、追跡もできないというのか。

金属構造物は、右の角が連絡橋につづいており、その真正面にマシンホールがあった。連絡橋の下には隣りのホールにつながる巨大な開口部が見える。チルヤクの前には大きなI形鋼のレールがはしっていて、それに反重力クレーンのアームが固定されている。チルヤクはふたたび手すりにつかまって身を乗りだし、目視でホールのなかを探した。

チルヤクはネスト全体について把握はしているが、この区域には訪れる機会もめったになかったので、不案内であった。ドームの下には、短い捜索ですぐに発見できるようなかくれ場はひとつもない。この下にある設備については図面でしか知らないし、もう一年以上なんの関わりも持っていなかった。ほうぼうを見わたしてから、集中して耳を澄ませる。

完全なる静寂があるのみだ。

チルヤクはいらいらしながら待ったが、ついに手で探りながらまっすぐ進み、下のホールの床へのびている斜路の手前で立ちどまった。ここだと、きっとリスカーなら速く確実に動けるだろう。天井灯が円錐形の光を暗いホールのなかに送りこんでいる。光と影がくっきりとコントラストをなし、ぼやけた光はほとんどない。チルヤクは悪態をついて、ゆっくりと斜路の終わりまで行った。巨大機械の側面にそって忍び足で歩き、影のなかに身をかくした。

不鮮明な物音が聞こえて、チルヤクは振り向いた。

隣接するマシンホールから、なにかぶつかったような音がする！

チルヤクは壁にそって忍び歩き、開いた側廊の横で立ちどまった。光が隣りのホールに二、三メートルさしこみ、そこに長方形をかたちづくっている。

ふたたび弱い物音がし、それからぶつぶつとののしる声が聞こえてきた。

チルヤクはすばやく跳躍して角をまわり、また暗闇にはいった。相手はとりみだし、冷静さを失っているのだ、と、自分にいいきかせる。どう見てもこちらが期待する行動はとらないだろう。そのうち、調査官の目は光のぐあいにも慣れてきて、ほぼ安全に行動できるようになった。ふたつのマシンブロックを避け、物音の発生源へと進む。

鉤爪は銃のグリップにかけている。自分が出てきたホールよりも大きなホールにはいると、そのほぼ中央で立ちどまった。

チルヤクの上で突然、あえぐ声が響き、公爵が疲れきったようにいった。

「なぜ、わたしをそっとしておいてくれないのだ？」

公爵はチルヤクの向こう側にいる。金属のぎっしりつまった空間と金属壁のせいで、声が反響して聞こえる。ツァペルロウが連絡橋あるいは斜路のどこに立っていようと、それは変わらない。

「あなたの逃亡を阻止することがわたしの仕事です」と、チルヤク。「ネスト要員の多くは、あなたが裏切り者だと思うでしょうが」

かすれてひずんだ高笑いが響く。ツァペルロウのいつもの声とは似ても似つかない、恐ろしい声だった。

「頭がどうかしているぞ！　きみのいう裏切り者とやらは……ほかで探せ！」

最後の言葉を、公爵は冷淡に、憎々しげに吐いた。

「あなたの逃亡、というより、逃亡未遂は」チルヤクは自制につとめながらいう。「ネスト要員の多くにとって、裏切り者である証拠だとうけとめられますよ」

チルヤクの怒りは増した。自分も、ネストにいるほかの大勢の要員も、みな過重労働をしているのだ。そのうえ疲労し、いらだち、空腹という状態である。

「きみもそう思うのか？　そもそも、きみはだれなのだ、そんな大それたことを……？」その声はチルヤクの上で響く。チルヤクは確信した。公爵は、自分の向かい側にある斜路のいちばん高いところにいるのだと。反重力メカニズムのきかない場所だ。

「第二調査官のチルヤクです。指揮官がわたしをさしむけました。あなたを連れ帰らなければなりません。これは賢人の命令です」

「わたしの頭がおかしくなったのは、賢人のせいだ」公爵はうめく。チルヤクの耳に、ふたたび甲高い金属音が聞こえた。と同時に、頭上に荒い息づかいが聞きとれ、すばやい影のようなものの動きが見え、肩のすぐ横で破裂音がした。

公爵がなにか金属の物体をチルヤクめがけて投げたのだ。狙いはたしかだった。

おそらくリスカーが上に工具一式を置き忘れたか、修理しおえなかった部品が転がっていたのだろう。こんどは、長い棒のようなものが、機械の外装にあたってはねかえった。金属音がゴングのようにとどろく。チルヤクは身を前方へ投じ、突出部ふたつのあいだからすべりでて、ブラスターをぬいた。

「ということは、あなたがやはり裏切り者なのか！」チルヤクの叫び声が響く。

かれは銃を持ちあげ、あとずさりしながら隣りの機械のうしろまでさがった。公爵は、行動のあらゆるコントロールを失ってしまったかのようだ。自制なくののしり、しゃがれ声でわめき、突然ふたたび目ざめたような力を出して、金属片を下に投げつづけた。チルヤクの動きが見えたかと思う方向へ工具を投げつづけ、それが機械の外装にあたったり、床に落ちたり、梁《はり》にはねかえったりする音が響く。調査官は跳びのいて、ベンチのようなコンソールのうしろの安全な場所へと移動した。

「やめなさい！」チルヤクは叫ぶ。「そんなことをしても状況を悪くするだけです！」

「もどれ！　あっちへ行け！　ほうっておいてくれ！」ツァペルロウはヒステリックな金切り声で叫ぶ。

弾丸のようなものがもう一発、闇のなかから飛んできて、甲高い音をたてて遮蔽物をはじき、チルヤクの腕にあたった。刺すような痛みが神経と筋肉にはしる。チルヤクの堪忍袋《かんにんぶくろ》の緒《お》が切れ、一瞬、抑制を失った。自分の上でかすかに見えたリフレックスに狙いを定める。そこにはごくちいさな回転する金属片の微光がたしかに見える。

チルヤクは銃の発射ボタンを押した。

うなりをたてて灼熱のビームが致死性の武器から発射された瞬間、チルヤクはとりかえしのつかない過ちをおかしたと悟り、とっさに手をひいた。エネルギー・ビームは斜路の手すりにあたり、金属にそって光のアーチが尾をひいてはしる。その燃えあがった火花のなかに、公爵の姿が見えた。

ツァペルロウは両手をあげて立っている。右手がさがったかと思うと、長い特製スパナが槍のように、空を切って投げ飛ばされた。その目は大きく見開かれ、電光と火花のたてる音のなかで光ったように見えた。ツァペルロウの姿態は、疲労と同時に、制御できないほどのはげしい怒りをあらわしていた。

公爵はひと飛びして手すりからさがった。調査官は銃をホルスターに押しもどす。安堵が体内をはしりぬけた。それでも任務を最後まで遂行しなければならない。チルヤクはややおちつきをとりもどして、小型パラライザーをとりだし、ひろめの放射になるようプロジェクターを設定した。

「やめなさい！」チルヤクは叫んだ。肩に猛烈な痛みを感じる。「ことを悪くするだけだ！」

「失せろ！」公爵は荒れ狂い、身をかがめた。チルヤクは火花でまだ目がくらんでいて、ツァペルロウがふたたび立ちあがったようすをぼんやりとしか認められなかった。公爵は手にまた金属片を持っている。

若いクラン人は右へすばやく身をかわした。金属片は、たったいままで自分が身をかがめていた場所にあたった。チルヤクは、もうひと跳びして階段に達すると、上へ駆けあがった。手には、安全装置をはずしたパラライザーを携えている。いちばん上の階段にきたとき、チルヤクは公爵をはっきりと見ることができた。二十メートルもはなれていないところにいて、また丈の長い物体を、攻撃者と思いこんでいる相手に向かってちょうど投げつけたところだ。

金属片がぶつかり、衝撃音の残響が聞こえるなか、ツァペルロウは次に投げるものをとろうとしてかがんだ。そのとき、調査官を見た。

公爵は躊躇することなく、細長い箱から、腕の二倍の長さがある鋼の物体をとりだした。頭上で振りまわし、チルヤクに襲いかかってくる。

「やめろ！」チルヤクは叫び、狙いすました。

公爵のどっしりとした姿は、叫び声にも停止することはない。量感あるからだからは想像もつかない、驚くべき跳躍とスピードで工具箱を跳びこえ、若者の頭を金属棒で狙ってきた。

チルヤクはなかば憤激し、なかば恐怖に駆られて混乱し、発砲した。

銃からほとんど不可視のビームがはなたれ、公爵の頭から腰にあたった。麻痺した指からすべりおちた武器が暗闇のなかにのまれ、壁にはげしくぶちあたり、チルヤクのうしろにある階段を一段ずつ音をたてながら落ちていく。

公爵は叫ぼうとして、つまずいた。倒れるさいに腰が手すりにぶつかり、からだが前にかたむいた。つかみどころがなくて、長い腕が宙を泳ぐ。からだは空中で一回転し、乾いた衝撃音とともに、十五メートル下のホールの床に墜落した。

チルヤクは硬直した。

「嘘だ……」言葉がつかえる。「公爵を……わたしが殺してしまった……」

ほんのすこしずつ、ここで起こったことを把握しはじめる。公爵はなにも自白しなかったのに、チルヤクのせいで落命したのだ。かれは愕然として、この相反する認識にショックをうけてしばらく立ちつくしていた。ゆっくりとした機械的な動きで、階段をくだっていく。喉から長く浅いため息が洩れた。スイッチを探し、天井灯を作動させる。公爵のからだのちょうど向こう側を、円錐形の光が刺すように照らした。チルヤクは躊躇しながら近づく。公爵はあおむけに倒れ、両肘をやや曲げた状態で、足も縮めていた。無慈悲な光は、詳細にいたるまで照らしだす。乱れてはりついたたてがみの下に、スプーディのかたちがはっきりと浮きでていた。目は閉じていたが、奇怪なことに、しわだらけの顔のなかにも、安住の地を見つけたのだと認められる表情をしていた。

「死んでいる」チルヤクはつぶやく。「死んでしまった。わたしが殺したのだ」

いま、かれは悟った。ツァペルロウを裏切り者呼ばわりする権利など、自分にはみじんもなかったことを。公爵は、自分がおたずね者であるということを一度たりとも認めさせなかったし、わずかな証拠さえなかった。

チルヤクは、自分がなにをしているかわからないまま、行動したのだった。

チルヤクは死者の制服の胸ポケットからメモ帳をとりだす。それから、目を大きく見開いた。破れて汚れ、消火液でずぶ濡れになったポケットのなかに、ちいさなレコーダーもあるではないか。それは転落のさい、なかば飛びだしていた。

チルヤクはレコーダーのスイッチをいれ、記録された内容を聞いた。

「……きょうもまた、想像もつかないことを自白しろと強要されるのだろう。だれが裏切り者なのか？　だれが自分から名のりでるのだろう……？」

チルヤクはそれにつづけて、日誌レコーダーに向かって話した。しゃがれ声で、できるだけ公爵の声をまねる。だれも聞きわけられないだろう、と、自分にいいきかせた。最後のほうは、声がかなり不明瞭になっているから。

「これ以上、重圧に耐えられない……」

すこし間をおいてから、かれはつづけた。

「……もう終わりにしよう。裏切り者として生きていくなど、とてもできない。そんなことなら、いっそこのようなかたちで人生を終えたほうがまだましだ。ほかに方法はない……」

チルヤクは、レコーダーのスイッチを切り、死者の右手に押しもどした。それから、ふたたび筋道をたてて考えはじめた。自分は公爵の殺害者なのだ。この殺人を自殺と見せかけるために、万事をつくさなければならない。まず、床に散らばっているすべての工具を大急ぎで回収し、上へ運び、箱のなかへ投げいれた。

それから、照明を消した。暗闇のなかではだれも死体を発見しないだろうし、天井灯を作動させることもないだろう。ホールを出て、もうひとつのマシンホールを走りぬけ、そこの照明も消した。それから、反重力シャフトで浮上し、ドームの外側に発着リングのある階に出た。

インターカムへ歩みよりながら、これは計画殺人ではなく事故であったと、みずからにいいきかせる。

「司令本部ですか？　ええ、あなたが見えています、指揮官」と、チルヤク。「ターツ部隊を出動させてください。ツァペルロウ公爵を、マシンホールのどこかで見失ってしまいました。こちらはわたしだけです。グー公爵は？」

「まだ見つからない。そちらに捜索部隊を派遣する。ターツ部隊はいま、そこの二デッキ上にいると連絡してきた」

「わたしはここで待ちますが、よろしいですか？」

「わかった、チル。カルヌウムは、ちょうどいま、気がついたところだ」

チルヤクは、了解の合図をして、インターカムを切ると、手足を震わせながら壁にもたれかかり、ターツ部隊を待った。シェレ・タクもいっしょにくるといいのだが。

いまのところ、やれることはすべてやった。まもなく、死んだ公爵が見つかるだろう。

ツァペルロウが裏切り者であり、自決したと、だれもが認めることになる。カルヌウムとグーは耐えがたい重圧から電撃的に解放されるだろう。だが、チルヤク自身は……自分がどうなるか、答えが見つからないでいる。いままでのところ、まだこの出来ごとに心を呪縛されていて、自分の状況を明確に認識する状態にはなかった。

しかし、だれが本当の裏切り者だというのか？

7

短い連絡通廊から、リスカーのリーダーが大あわてで走ってくる。黒毛皮生物は興奮して触手をくねらせながら、困惑した同胞のグループに追いつくと、呼吸マスクの下からコルドス＝リスクの言葉をひと言だけ発した。

「こい！」

十二体ほどからなるネストの技術者集団は、即座に理解した。さざめきながら、リーダーを追って急行する。リーダーは通廊を直進し、角をきっちり直角に曲がり、細い斜路をのぼり、触手の一本で非常にせまいドアを開けると同時に、二本めの触手で室内の明かりをつけた。

「グー公爵はここにいる。手伝ってくれ！」

ちいさなキャビンの折りたたみ式寝椅子の上に、グーが身動きもせず横たわっている。リスカーたちは長い捜索のすえに、ここへもぐりこんだグーを発見したのだった。大きなクラン人は深い眠りについている。二十本の触手で寝椅子から持ちあげ、向きを変えてドアまでひっぱっていっても、気がつかない。リスカーたちは、からだを低くし、三列になって集まった。

「指揮官のところへ連れていこう」と、技術者のリーダー。「これからどうすればいいかは、彼女に決めてもらおう」

奇妙な行列は通廊をおぼつかない足どりで進む。半時間後、ようやく司令本部に到着した。ハッチは開かれたまま、指揮官はコンソールの向こう側で浅い眠りについている。

黒い触手が肩を揺すると、アルジャカは声をあげて跳びあがった。

リーダーはクランドホル語でささやく。

「グー公爵をどこへ連れていけばいいでしょうか、アルジャカ？」

指揮官は思案していた。邪悪なヴィジョンに満ちた不穏な夢から、いきなりひきはがされたのだ。

「あちらのクッションへ……公爵をどこで見つけた？」

リスカーたちはグーをおろした。まだ眠っている、というよりも、意識不明というほうが近いだろう。リーダー技術者が話している最中に、緊急連絡の赤ランプが光り、一ターツの上半身がスクリーンにあらわれた。相手のインターカムのある場所は暗かったが、アルジャカにはそれがシェレ・タクだとわかった。

「なんだ？」

ターツがいつもの歯擦音を発する前に、指揮官は、なにか大変なことが起こったにちがいないと察知した。最初の一言がそれを証明した。

「ツァペルロウ公爵の遺体を発見しました。マシンホールの階段から転落したようです。日誌レコーダーに若干の言葉がのこっていて、かれが裏切り者であるのは、どうやら事実のようであります」

「ここに連れてくるのだ、シェレ・タク。チルヤクはどこか？」かすれ声で指揮官が答える。

「いま、遺体を運ぶ反重力プラットフォームをとりにいっているところです」

なかば動かなくなったロボットを思わせる動きで、アルジャカはコンソールを操作した。ネストじゅうのサイレンと全警報がやみ、すべてのインターカムにスイッチがはいる。指揮官の疲れた声が、数千におよぶ大小のキャビンに響きわたった。聞き逃す者はいない。

「こちら、アルジャカ。第一艦隊ネストの指揮官だ。注意！　全員へ重要事項を伝える！　ツァペルロウ公爵が自決した。これから即刻、ネストは通常状態といつもの勤務体制にもどる。通信部は、すべての事象についての記録を水宮殿に送ること。それから、カルヌウム公爵は司令本部へ。ツァペルロウ公爵の死は、わたしから賢人に報告する。以上」

リスカーたちはいりみだれて、しかし押し黙ったまま、アルジャカと巨大制御コンソールのまわりに輪を形成した。ゆっくりと、モニターのスイッチをひとつずつ切っていく。

一技術者が、司令本部の酸素供給と温度を新しく設定しなおした。

ツァペルロウが裏切り者だった！　この事実は、驚きの叫び声やひそひそ話とともに、ネストのなかを何度も駆けまわった。最初からツァペルロウに疑いを持っていた者は、自分が正しかったと思った。その他の者は、どうやって裏切ったのかをつきとめようとした。グーやカルヌウムを疑っていた者は、驚いて黙ったままだった。

アルジャカが水宮殿にいる賢人の従者と話し、ツァペルロウの自死の知らせを伝えたとき、第一艦隊に所属する一隻が連絡してきた。

遠距離通信機のスクリーンにうつる艦長は、明らかにほっとしたようすで、

「第一艦隊ネストへ！」と、興奮して叫んだ。「そして、クランドホルの賢人へ。スプーディ船がわれらの故郷星系に接近中です。こちらの通信状態は良好。到着の正確な時刻は、いまのところ確定できません。くわしい情報がわかりしだい、また連絡します」

アルジャカは映像が消えていくのを見て、安堵の声を発した。

「宇宙の光よ」と、いって、痛む肩をあげる。「ようやくスプーディ船がもどってきた。これで問題がひとつ減った」

アルジャカは、まだ司令本部のなかで歩きまわっているリスカーたちを見やった。

「ネストのあちこちが破損している」と、つらそうにいう。「当然ながら、客用セクター と公爵たちのキャビンがとくにひどい。まずはエネルギー供給装置の重大な破損から修理してもらいたい。ネストの艦船があと数時間で帰ってくるから」

そこでひと息いれ、あえぎながら呼吸をして、つづける。

「そのあとに、公爵たちの荒れたキャビンをかたづけるのだ。チルヤクとシェレ・タクはどこだろう？」

ネストには徐々にしずけさと通常の勤務の流れがもどっていたが、多くの問題もあった。それぞれの公爵を支持する要員たちが形成したグループは解散した。ツァペルロウの自殺は要員たちに衝撃をあたえた。このような結末はだれも予想していなかったにちがいない。

司令本部の入口にターツ一体があらわれ、喉の奥から発する声で、指揮官の最後の質問に答えた。

「シェレ・タクが遺体を運んできます。まだ、そのための棺を探しているところです」

「で、チルヤクは？」

「カルヌウムを迎えにいっています。もうまもなくくるでしょう」

アルジャカはうなずく。通信部がネスト・コンピュータの記憶バンクから情報を入手し、賢人へ報告を送ったことを、制御コンソール上で確認した。司令本部内の音声が、グーを起こしたようだ。グーはうなり声をあげ、咳きこみながらからだを起こした。「どうやって、わたしはここに……きたのだ？」と、左右にふらつきながらいう。「わたしは……かくれていたのに」

「リスカーが見つけて、運んできたのですよ」アルジャカは応じた。いまの彼女の望みは、公爵たちがここから去り、だれかが自分と交代してくれることのみ。

「なぜここに？　司令本部に？」

指揮官は立ちあがり、クッションのそばまで行った。疲労に痛む目でグーを見つめ、声を押しだす。

「ツァペルロウ公爵が自殺しました。かれが裏切り者です」

公爵グーの反応は奇妙なものだった。アルジャカは、過労で頭が文字どおり割れるように痛かったので、すべてを把握することはできなかったが。グーはまず、司令本部内のなんらかの放射から身を守るように両手をあげ、それから目をつぶり、長いため息を吐いた。ここ数日間でたまっていた非常な緊張が、からだをはなれていくかのようだった。公爵は立ちあがるさいに、疲労でふらついた。衣服はどうしようもないほど、ぼろぼろだ。たてがみは汗にまみれて頭にはりつき、スプーディの輪郭がはっきりと見えている。雪のように白い毛は、あちこち焦げたり汚れたりしている。軽宇宙服の銀色のコーティングが、しわになって擦りきれていた。公爵はコンソールの角に不安定に手をついてからだを支え、ひと言ずつゆっくりと言葉を組みたてた。わたしにはいまだに信じられない。銃で自殺したのか？ 「ツァペルロウ？ かれだったのか？ それとも毒を飲んだのか？」

「転落死です」シェレ・タクが答える。気づかないうちにはいってきたのだ。かれは、アルジャカのコンソールの上に小型日誌レコーダーを置いて、スイッチをいれた。

いま一度、死者のしゃがれ声が再生された。

公爵グーは、震撼《しんかん》していった。

「それでは、あとはカルヌウムとわたしのふたりしかのこっていないということか」

「そういうことです」ターツがささやく。「いま、カルヌウム公爵がきました」

クラン人と、ターツ捜索部隊のメンバーが入室してきた。さらにそのうしろから、第二調査官がはいってきた。かれはすでに公爵カルヌウムに、三頭政治をつかさどっていたクラン人の三人めが命を絶ったことを知らせたようだった。

「第一艦隊に所属する一隻が、連絡してきました。スプーディ船がクランに向かって飛行中であると」と、アルジャカ。「それが、賢人が裏切り者を探し、罪に問おうとした理由です」

公爵たちはたがいの顔を見つめあった。どちらも、挨拶をしようとからだが動きかけたが、途中で身をひく。ふたりとも、まだ先入観なしに会える状態にはなかったのだ。

おそらく、かれらはもう二度と、以前のような信頼できるパートナーシップや友情をとりもどすことはできないだろう。チルヤクは、司令本部の薄暗い奥にたたずみ、なにかにしっかりとしがみついていた。

じっくりと考えるひまは、もうない。公爵たちも、ふたりのあいだにあるのが対立か平和か、それを判断することはできなかった。大スクリーンのスイッチが自動的にはいった。このスクリーンは賢人の命令を伝えるためだけに使われる。

恒星のマークがあらわれて散ったのち、文字がまたたき、〝賢人〟という字があらわれたかと思うと、まばゆい明るさが画面いっぱいに満ち、司令本部をくまなく照らした。おかげで、その場に居あわせた全員は、ほんの数秒間、古くて壊れかけた室内の状況を見ることができた。

そのとき、室内にいる全員がよく知る、賢人の声が響いてきた。男のものとも女のものともいえない、機械的に変調された音声だ。

「第一艦隊ネストの指揮官が、過日からの全情報を送ってきた。それで、わたしもツァペルロウ公爵の自白と呼ばれるものを知った。

だが、この自白とツァペルロウの死が、充分に根拠のある証拠とはならない。ツァペルロウ公爵が本当に兄弟団の支援者であり、裏切り者であったのかということが、まったく定かではないのだ。かれ自身が裏切り者を暴こうとしているあいだに自制を失い、だれもが望まない、当然ながら自分自身がもっとも望まない行為に出てしまった、ということもおおいに考えられる。

しかしながら、のこった公爵たちにはどうしても、スプーディ船のクラン到着時におこなう式典に出てもらう必要がある。カルヌウムとグーは、ただちにテルトラスへこられたし。わたしはそこで、かれらの到着を待つ」

賢人はそこで間をおいた。そのさい両公爵は、すくなくともシェレ・タクだけは気づいたが、非常に驚いていた。ほんの数秒前までは、かぎりなく安堵しているように見えたのだが。

賢人は、決定事項をつづけた。

「クランでは、ツァペルロウ公爵の葬儀を大々的にとりおこなう。公爵ルゴの三四三年がまもなく終わり、次の年へうつるため、公爵たちは今年じゅうに、重大な出来ごと三つをとりしきることになる。スプーディ船の到着、年の改まり、そして葬儀である。

ネストの艦船には、出動前にふたたびもとの位置につくよう指示した。

わたしは、公爵たちの一刻も早い到着をクランで待ちうけている」

スクリーンのまぶしい光のなかで、賢人のシンボルがゆっくりと消えていった。指揮官は、最後の力を出して、公爵たちのほうへ向きを変えた。

「シェレ・タクが連絡艇にお連れします。賢人の命令は、明瞭明快です」

「わたしは自分で行ける」公爵カルヌウムがゆっくりという。「艇がすぐに出発できるようにしておいてくれ」

「わたしがやります、チーフ！」と、チルヤク。「公爵たちを格納庫へお連れします」

アルジャカはチルヤクに向かってうなずく。最後に出ていくリスカーたちとともに、公爵たちは挨拶もなしに、ありったけの疲労感をにじませて司令本部をあとにした。シェレ・タクが、熱いユウクのはいったカップをたくさん運んできて、ひとつを指揮官にわたした。この飲み物ももはや効き目はなかったが、困難で気の重い任務を終えたあとの、仲間内での儀式のようなものである。困難は過ぎさった。ネストの要員たちにとって、ほかのどんな問題であっても、これほど手を焼くことも、とほうにくれることもないだろう。

「賢人は信じていないようだ」と、アルジャカ。

シェレ・タクは黙ったまま、一リスカーに合図を送る。リスカーはコンソール上の日誌レコーダーをとった。

「解析に持っていけ！　通信部へ！」と、ターツが指示する。リスカーは返事をしたようだが、だれも理解はできなかった。

「いまだに、どう考えたものかわかりませんが」シェレ・タクが息荒くいう。「公爵のひとりが兄弟団と通じているとわたしが思ったことは、一度もありません」

そこで口をかたく結ぶと、ようやくいった。

「でも、もしもそれがたしかであれば、わたしとしては、グー公爵を裏切り者と呼んだでしょう。いや、そう思えた、といったほうがいいでしょうか」

アルジャカは口を大きく開け、肉食獣の歯をむきだしにした。

「むだな議論だ、シェレ・タク。まもなく、ネストの艦船が着陸し、格納庫にはいる。そのための準備をしなければ。われわれにとっては、終わったこと」

それからしばらくして、シグナルが光った。公爵たちを乗せた連絡艇が第一艦隊ネストを飛びさり、クランへ向かっていることが、制御コンソールの小モニターにしめされる。女クラン人とターツは疲れきっていたが、それでも司令本部を去ることができなかった。ふたりの動きのなかに、状況の奇妙さがあらわれている。かれらは待っているのだ。なにを待っているのか、わからないまま。

「われわれ、他星系への拡張政策を、すべて賢人の手にゆだねてきた」長い間をおいて指揮官がいう。「賢人のいうことは、いつも正しいと信じてきた。なにが本当に真実だったのか、われわれはいつか知るだろう。きょう知らされたことが真実だったのかどうか、わたしには確信が持てない。完全な真実ではないはずだ」

「たぶん、真実のほんの一部でさえないでしょう」シェレ・タクはしわがれ声で指摘した。「わたしはさがらせていただきます、指揮官。大変疲れました」

「もちろんかまわない」

アルジャカは知っているのだろう。何日にもわたる騒動で、ネストの修理個所が以前よりもずっと増えたことを。

ターツは、短く挨拶をして、司令本部を出た。ハッチを閉める前に、いま一度、黙ってうしろを振りかえる。アルジャカはコンソールの横に立ち、不安と疲労の様相を呈していた。金属ハッチがしゅっという音をたてて閉まった。ここ数日の破壊は、ネストの技術分野にとどまらない。友情や、公国の最重要人物たちの調和も壊れてしまった。賢人にとっても、安全ではない。だれが真実を知っているのか？

裏切り者は真実を知っている、と、シェレ・タクは思った。

しかし、本当はだれが裏切り者なのか？　ツァペルロウ公爵だったのだろうか？

疑いも混乱も戦いも、まだ終わってはいない。第一艦隊ネストでの出来ごとは、ほんのはじまりにすぎない。続篇は故郷惑星クランを混乱の渦のなかに巻きこむだろう。シェレ・タクはあまりに疲れすぎて、これ以上の疑問を呈することができなかった。

いずれにせよ、答えられる者はいないだろうが。

あとがきにかえて

原田千絵

汝に告ぐ。おのれの人生において、予期せぬことが起こっても、すなわちおのれが人生の君主であると。

なーんて、巻頭のセネカの言葉をもじってみたが、本当に人生って何が起きるかわからない。自分と関係ないと思っていたものと出会ってしまったときは、なおさらその思いを強くする。

もっとも最近の予期しなかった出来ごとは、もちろんペリー・ローダンとの遭遇である。翻訳にもいろいろなジャンルがあるが、まさか自分が、遠い世界だと信じていたSFを手がけるとは、夢にも思っていなかった。

そして、ローダンの一つ前にわたしの身に起こった予期せぬことは、パイプオルガンとの出会いだった。

前回の自己紹介の中で、村でオルガニストをしているとひとこと書いたが、長年たずさわっているわけではない。それどころか、オルガンを弾きだしたのは近年のことで、まだまだ初心者に毛が生えた程度である。ローダンとオルガンはなんの脈絡《みゃくらく》もないが、「わが人生における突然の出会い」という共通項で、無理やりオルガンのほうに話を持っていくとしよう。

それは、五年ほど前のある日のこと。

郵便受けに、どの家庭にも配布される村の教会の冊子が入っていた。この冊子は、年に三回発行されて、教会の活動や、礼拝のスケジュールなどが告知されている。わたしは、クリスチャンではないし、夫もとっくに教会から脱会しており、教会とはまったく関係のない生活を送っていたが、冊子には、地域の行事や冠婚葬祭のお知らせなどの情報も書いてあるので、配られたら一応目を通していた。

その日、冊子をパラパラとめくっていると、ある記事が目に飛びこんできた。

「子供から大人まで、パイプオルガンのレッスンをいたします」

なぬ？　パイプオルガンとな！

記事を読みすすめると、このJ先生は、このたび州教会よりカントール（オルガニスト・聖歌隊指導者・指揮者として、教会音楽全般を受け持つ音楽家）として隣の市の教会に派遣され、同時に周辺地域でオルガニストの後進を育てるためにオルガン指導にもあたられるそうだ。

「レッスンの対象となるのは、子供だけでなく、ピアノやオルガンの経験がある大人、またまったくの初心者も含まれます」とある。

つまり、誰でも受けられるということだ。

わたしはそのころ、子供のときに習っていたピアノを二十年以上ぶりに再開し、家で一人で練習していた。子供時代は、あまりに怠惰だったため、母に叱られて泣きながら練習していたものだったが、大人になってふたたび始めてみると、ピアノや音楽の楽しさに目覚めてすっかりはまっていた。

しかし、オルガンは同じ鍵盤楽器とはいえ、どうしても宗教と強く結びついているイメージがあったので、自分には縁遠い世界のものだと思っていた。せいぜい教会に入ったときに下から見上げるくらいで、近くで見たり、ましてや触れたことなどなかった。そんな遥かに遠い存在だった楽器を習えるチャンスがこんな近くにあるなんて！

記事は、カントールの、

「音楽はわたしの人生を豊かにしてくれました。これをみなさんにも伝え、分かち合いたいのです。偉大な楽器の女王であるパイプオルガンを学べる絶好の機会です。本当に素晴らしいものですから」という言葉で締めくくられていた。

このカントールはきっと良い先生だと直感した。そして、この記事が図々しくも自分に向けて書かれているように感じられて（笑）飛びついたのだった。

それでカントールであるJ先生にメールで問い合わせてみることにしたのだが、わたしにはひとつだけ心配なことがあった。それは自分がクリスチャンでなく、教会に属していないということだった。記事には、そのような条件についてはなにも言及されていなかった。わたしのようなまったくの部外者が、芸術的動機だけで習いたくても、レッスンしてくれるのだろうか？

問い合わせといっしょにその質問も伝え、どきどきしながら待っていると、ほどなくしてJ先生から返事があった。

「もちろん、かまいませんよ。喜んでレッスンいたしますし、あなたとの出会いを楽しみにしています！　よろしければ、来週のオルガン・ミニコンサートにいらっしゃいませんか？　そのあと、いろいろとお話もできると思います」

そして、コンサートの日、わたしは隣の市の教会に初めて足を踏み入れた。コンサートの前に、オルガンの鎮座する三階の天井桟敷《さじき》まで上がって、J先生に挨拶した。教会音楽専門の音大を卒業してすぐにこの教会に赴任したばかりの、まだ二十代後半のすらりとした方だった。しかし、その若さでカントールとなった音楽的実力はいわずもがな、人間的にも落ち着いておられ、精神年齢は実年齢以上に高そうだった。

「オルガンは、二階の側面の一番先端で聴くのがよいですよ。オルガンの調律をするときも調律師はその席で聴いて音を確かめるのです」と教えてくださった。

プログラムは、J・G・ヴァルター、G・P・テレマン、J・S・バッハという典型的バロックの作曲家たちの演目である。教会内に響き渡る多彩な音色、一人オーケストラ。これがオルガン音楽なのか、こんなすごい腕前の先生に教えてもらえるのか、うまくなればこんなふうに弾けるようになるのか、しかしこんな圧倒的な楽器をいつか自分が弾きこなせるようになるとは想像できない……などと思いながら、先生の華麗なライブ演奏に真剣に耳を傾けた。

その日から四年間、わたしはJ先生の生徒となり、オルガン修行に勤《いそ》しむことになる。

オルガンのレッスンといっても、練習はどうするのだろう？　すると先生はいった。

「もちろん、オルガンで練習してもらいますよ。あなたの住んでいる村の教会で練習できるように、わたしから村の牧師さんにお話ししておきます。レッスンも、わたしがあなたの教会に行きましょう」

なんといたれりつくせりなことか！

わたしは、それまで村の教会にはただの一度しか入ったことがなかった。息子の小学校入学時、子供たちのための「お入学礼拝」が催されたときだ。参列は義務ではなかったが、ドイツの学校では特に「入学式」というものがないので、教会での礼拝が儀式に相当するのである。でもそのときは、チョロチョロと動きまわる息子のほうに忙しくて、オルガンがどうだったか、なんて気に留めていなかった。村の教会にどんなオルガンがあるのかは、先生と行って初めて見ることになる。

翌週、わが村の教会で先生と最初のレッスンの約束をした。そのころ、わが村の教会は牧師のポストが不在だった。ちょうどオルガン生徒募集の記事が載っていた同じ教会の冊子に、それまで務めていた牧師が解任された、というニュースも報じられていたのだ。教区では、十年に一度、教会役員たちによる牧師の不信任投票が行なわれる。この牧師、人気のない方だったようで、この機にお払い箱となってしまったらしい。それで、先生は教会役員にかけあって、教会でのオルガンレッスンと、鍵の件をとりなしてくださった。うかがってみると、対応してくれた教会役員のNさんは知り合いの女性だった。

彼女はすぐさま、

「あらあなた、これからオルガンを習うの？　それならそのうち礼拝での奏楽もお願いしたいわ～」とおっしゃる。

「とんでもないです！」とわたしは答えた。

クリスチャンでもないのに礼拝でオルガンを弾く？　本当にめっそうもないことだ。先生にも、レッスンの最初に、自分は礼拝の奏楽をするつもりはないが、それでもかまわないかと念を押した。先生は、それでもけっこうだとはおっしゃったが、

「でも、礼拝の奏楽とオルガンとは切り離せないものです。経験のために、何回か礼拝

で弾いてみるとよいですよ」とも。

まあ、万一そのようなことがあるとしても、ずっと遠い先の話だ。まずは、いったい本当にオルガンが弾けるようになるのかが問題なのだ。

わが村の教会のオルガンは、二段鍵盤、十八個のストップ、フルペダルを備えた、バロック様式のオルガンだった。先生曰く、

「オルガンの状態は、思ったよりも悪くないです。田舎村のオルガンはたまに、古くて手入れのされていないかなり壊れたものもありますからね。あなたが練習していくには充分なオルガンだと思いますよ」とのことだ。

ピアノで多少慣れているので、手のほうはなんとかなるだろう。鍵盤は軽いし、ピアノのようにタッチや強弱で表情をつける必要がないので、ラクといえばラク。しかし、問題は足だった。ペダルは、二オクターブ半あり、両足を使うし、しかもタップダンスのようにかかととつま先を使い分ける。先生も、ピアノから入った人は足で少し苦労するだろう、とおっしゃっていた。手だけ、足だけならば、まだいける。しかし、右手・左手・足の三段の楽譜をいっぺんに読んで、これらを同時に動かすとなると、脳が処理しきれない。音符の少ないゆっくりした曲でも、三つの動きをコーディネートすることはえらく困難だった。

わたしは、この三重苦を克服するべくオルガンに熱中し、毎日三、四時間は練習した。

一生懸命なわりには、上達は遅々としていた。あまり進歩しないうちに週一回のレッスンはすぐにやってきたので、つねに必死で練習していた。

レッスンを受けはじめて三ヵ月ほど経ったとき、とうとう村に新しい牧師が赴任してきた。わたしと同世代の女性、S牧師だ。やはり、牧師のいない教会というのは、主のいない家のように頼りないものがある。（牧師不在期間中の礼拝は臨時の代理牧師が来て、行なっていたようである）教区の信者さんがたもどれほど安堵し喜んだだろう。S牧師は、ご主人と三人の子供たちとともに、教会の向かいにある牧師館に引っ越してきた。わたしもオルガンを使用させていただいているので、ご挨拶に行った。最初お目にかかったそのときから、彼女の持つなんともいえないフレンドリーで知的な品性にわたしは魅了されてしまった。同年代ということもあって、だんだん会ったらしばし立ちばなしをしたり、親しく言葉を交わすようになった。

夕方、教会に練習に行くと、今まで空き家でがらんとしていた向かいの牧師館の窓に明かりがともっている。オルガン席からその光が見えると、わたしは安心して練習をしていたものだ。あるとき、S牧師と牧師館の庭先でおしゃべりしていると、彼女が、

「夕方、あなたが練習をしているとき、うちからオルガン席の明かりが見えて、教会に生があるなって嬉しくなるわ。ちょうど末の子がベッドに行くころで、かれはあなたのオルガンを聴きながら寝るのよ。家族みんなで楽しんでいるのよ」と話してくれた。

　わたしたち、お互いの明かりを見て、同じように感じているんだな、と嬉しくなった。また、そんなふうにわたしを温かく受け入れてくださって、感謝の気持ちでいっぱいだった。

　S牧師がきて、数カ月過ぎたころ、彼女が話しかけてきた。

「ねぇあなた……もしできれば、礼拝の奏楽をやってくれないかしら？　今はDさんがやってくれているけれど、彼女もときどきできなかったり、病気のときもあるから、あなたもいっしょに担当してくれたらとても助かる、という話を彼女ともしていたのよ。どう、考えてみてくれる？」

「あの、でもわたしはクリスチャンではないし、オルガンも初心者ですし……」

「それは問題ではないわ。それにこんな短期間で、素晴らしく上達しているじゃないの。大丈夫よ。あなたが引き受けてくれるのだったら、大歓迎よ」

　とうとう来てしまった。オルガンを習っているというと、よく「礼拝でも弾いて」と言われるが、そういう話が振られるたびに、「初心者ですから～、下手ですから～」とやんわり断っていた。しかし今度は牧師からじきじきに請《こ》われてしまった。教会には寛大にも日夜オルガンを自由に使わせていただいている。そんな教会からのお願いは断れないし、日ごろの恩に報いられる機会でもあろう。わたしがクリスチャンではないことに関しては、教会側にはなんら問題がないらしい。そんなものなのか？　わたしのほうが恐縮してしまう。

S牧師からの打診を受けて、J先生に相談してみた。

「礼拝でオルガンを弾く、弾かないは、あなたの自由です。わたしはオルガンを習っているからといって、必ずしも礼拝の奏楽をする必要はありません。オルガンの教師としてオルガンを教えるのが仕事で、礼拝で弾いてもらうために指導をしているわけではありません。教会としては後進のオルガニストを育成するのが目的というのはありますが、あなたは後進という部類でもないですし（←えっ？）、オルガン音楽に対する純粋な興味で始められてよいのです。

オルガンは教会にあるもので、たとえばハンザ都市などは町の威信と資財をかけて大きな教会、巨大なオルガンを競って作ってきたので、キリスト教とオルガンはどうしてもセットで考えられがちですが、オルガンは昔から音楽家の芸術表現の手段でもあったのです。わたしももちろん礼拝でオルガンを弾きますが……基本的にはオルガニスト・音楽家としての立場です。礼拝の前奏や後奏で弾くのも、多くの人に聴いてもらえる発表の場としてとらえてよいじゃないですか」

先生はこんなふうに答えてくださった。たいへん納得できる明快な回答だ。レッスンもまた、純粋に音楽的な授業だ。

「それでは、礼拝用の勉強も開始しないといけませんね。教えてあげますよ。これから讃美歌も少しずつ学んでいきましょう！」

こうして、J先生とS牧師という、重要な二人のキーパーソンのおかげで、わたしのオルガン修行は新たな段階へと突入し、現在にいたるのである……。

この文章を書いている三月下旬の現在、教会ではちょうど受難のクライマックスと復活祭という、クリスマスに次ぐ重要なシーズンに突入するところである。これから、そのためのオルガンの練習と奏楽で、ハードな一週間がわたしを待ち受けているのだ。オルガンの話になると、つい長々と語ってしまうのだが、今回はこれにて切り上げることとしよう。

続きのお話は、また次の機会に。

訳者略歴　慶應義塾大学文学部卒，翻訳家　訳書『時間ブリッジ作戦』エーヴェルス＆グリーゼ（早川書房刊），『ヨハネスの問い』ケルナー他

HM=Hayakawa Mystery
SF=Science Fiction
JA=Japanese Author
NV=Novel
NF=Nonfiction
FT=Fantasy

宇宙英雄ローダン・シリーズ〈519〉

クランの裏《うら》切《ぎ》り者《もの》

〈SF2062〉

二〇一六年四月二十日　印刷
二〇一六年四月二十五日　発行
（定価はカバーに表示してあります）

著者　ペーター・テリド
　　　ハンス・クナイフェル
訳者　原《はら》田《だ》千《ち》絵《え》
発行者　早川　浩
発行所　株式会社　早川書房
郵便番号　一〇一 - 〇〇四六
東京都千代田区神田多町二ノ二
電話　〇三 - 三二五二 - 三一一一（大代表）
振替　〇〇一六〇 - 三 - 四七七九九
http://www.hayakawa-online.co.jp

乱丁・落丁本は小社制作部宛お送り下さい。
送料小社負担にてお取りかえいたします。

印刷・信毎書籍印刷株式会社　製本・株式会社川島製本所
Printed and bound in Japan
ISBN978-4-15-012062-7 C0197